共和国故事

举国欢腾
——北京获得二〇〇八年奥运会主办权

李静轩 编写

吉林出版集团股份有限公司

图书在版编目（CIP）数据

举国欢腾：北京获得二〇〇八年奥运会主办权/李静轩编. —长春：吉林出版集团股份有限公司，2009.12

（共和国故事）

ISBN 978-7-5463-1851-6

Ⅰ．①举… Ⅱ．①李… Ⅲ．①纪实文学－中国－当代 Ⅳ．①I25

中国版本图书馆CIP数据核字（2009）第233815号

举国欢腾——北京获得二〇〇八年奥运会主办权

JUGUO HUANTENG　BEIJING HUODE ER LING LING BA NIAN AOYUNHUI ZHUBAN QUAN

编　写　　李静轩	
责任编辑　　祖航　宋巧玲	
出版发行　　吉林出版集团股份有限公司	
印　刷　　三河市嵩川印刷有限公司	
版次　2010年1月第1版	2022年1月第9次印刷
开本　710mm×1000mm　1/16	印张　8　字数　69千
书号　ISBN 978-7-5463-1851-6	定价　29.80元
社址　吉林省长春市福祉大路5788号	
电话　0431－81629968	
电子邮箱　tuzi8818@126.com	

版权所有　翻印必究

如有印装质量问题，请寄本社退换

前　言

　　自1949年10月1日中华人民共和国成立至今，新中国已走过了60年的风雨历程。历史是一面镜子，我们可以从多视角、多侧面对其进行解读。然而有一点是可以肯定的，那就是，半个多世纪以来，在中国共产党的领导下，中国的政治、经济、军事、外交、文化、教育、科技、社会、民生等领域，都发生了深刻的变化，中国人民站起来了，中华民族已屹立于世界民族之林。

　　60年是短暂的，但这60年带给中国的却是极不平凡的。60年的神州大地经历了沧桑巨变。从开国大典到60年国庆盛典，从经济战线上的三大战役到经济总量居世界第三位，从对农业、手工业、资本主义工商业的三大改造到社会主义市场经济体制的基本确立，从宜将剩勇追穷寇到建立了强大的国防军，从废除一切不平等条约到独立自主的和平外交政策，从"双百"方针到体制改革后的文化事业欣欣向荣，从扫除文盲到实施科教兴国战略建设新型国家，从翻身解放到实现小康社会，凡此种种，中国人民在每个领域无不留下发展的足迹，写就不朽的诗篇。

　　60年的时间在历史的长河中可谓沧海一粟。其间究竟发生了些什么，怎样发生的，过程怎样，结果如何，却非人人都清楚知道的。对此，亲身经历者或可鲜活如昨，但对后来者来说却可能只是一个概念，对某段历史的记忆影像或不存在，或是模糊的。基于此，为了让年轻人，特别是青少年永远铭记共和国这段不朽的历史，我们推出了这套《共和国故事》。

《共和国故事》虽为故事，但却与戏说无关，我们不过是想借助通俗、富于感染力的文字记录这段历史。在丛书的谋篇布局上，我们尽量选取各个时代具有代表性或深具普遍意义的若干事件加以叙述，使其能反映共和国发展的全景和脉络。为了使题目的设置不至于因大而空，我们着眼于每一重大历史事件的缘起、过程、结局、时间、地点、人物等，抓住点滴和些许小事，力求通透。

历史是复杂的，事态的发展因素也是多方面的。由于叙述者的视角、文化构成不同，对事件的认知或有不足，但这不会影响我们对整个历史事件的判断和思考，至于它能否清晰地表达出我们编辑这套书的本意，那只能交给读者去评判了。

这套丛书可谓是一部书写红色记忆的读物，它对于了解共和国的历史、中国共产党的英明领导和中国人民的伟大实践都是不可或缺的。同时，这套丛书又是一套普及性读物，既针对重点阅读人群，也适宜在全民中推广。相信它必将在我国开展的全民阅读活动中发挥大的作用，成为装备中小学图书馆、农家书屋、社区书屋、机关及企事业单位职工图书室、连队图书室等的重点选择对象。

编　者
2010年1月

目录

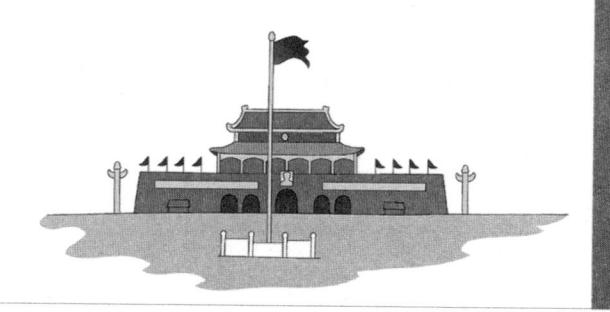

一、进行申奥

新中国的首次申奥行动/002

北京奥申委正式成立/005

正式确定申奥标志/007

奥申委提交申奥报告/010

确定申奥形象大使/012

代表团陈述申办工作/020

奥申委递交《申办报告》/022

对北京进行调查评估/025

二、声援北京

各国舆论声援北京/036

中国致信国际奥委会/040

全国人民期盼奥运/045

港澳台同胞助力申奥/053

海外游子声援申奥/056

三、申奥成功

参加国际奥委会全会/062

中国代表团申奥陈述/069

目录

中国代表团进行答疑/086

获得奥运会主办权/091

热烈举行庆功招待会/094

四、普天同庆

全国人民庆祝申奥成功/098

港澳台同胞庆祝申奥成功/105

海外游子欢庆申奥成功/112

世界各国翘首盼望/117

一、进行申奥

- 1999年9月6日，北京2008年奥林匹克运动会申办委员会，经国务院批准成立。

- 2000年8月28日，国际奥委会执委会会议在瑞士的洛桑举行，北京获得2008年奥运会的申办资格。

- 评估团的维尔布鲁根说："评估团看到了一个真实的北京，北京申办奥运会得到了政府和市民的大力支持，北京奥申委的工作是积极有效的。"

新中国的首次申奥行动

1991年12月4日，中国在洛桑向国际奥委会正式递交了承办2000年奥运会申请书。

当时北京2000年奥运会申办委员会常务副主席、北京市副市长张百发率领申办委员会代表团，4日傍晚在国际奥委会总部，向国际奥委会主席萨马兰奇当面呈交了申请书。

萨马兰奇高兴地从张百发手里接过了申请书。他说："你们从此开始了一个很艰难的历程。你们面临的对手很多。我祝愿你们的申请走好运。"

奥林匹克运动会是和平与友谊的象征，中国很早就有申办奥运会的想法。早在1908年，当时《天津青年》的一篇题为《竞技运动》的文章中，首次向国人提出3个问题：

中国何时才能派一位选手参加奥运会？中国何时才能派一支队伍参加奥运会？中国何时才能举办奥运会？

这3个问题对当时的人们来说，就如同天方夜谭，令人可望而不可即。

之后，1945年，当时的中华全国体育协进会在重庆召开会议，我国历史上第一位国际奥委会委员王正廷正式提出《请求第15届世界运动大会（1952）在我国举行案》，并获得与会人员一致通过。

这是中国第一次正式提出申办奥运会要求。但是在当时的历史条件下，这一决议难以实现，而且提出的方式也不符合国际奥委会的申办要求，因而最终只能是一纸空文。

直到新中国成立后，崛起的中国才真正有实力来申办奥运会。

申办2000年奥运会的共有5个城市，除了北京外，还有澳大利亚的悉尼、英国的曼彻斯特、德国的柏林和土耳其的伊斯坦布尔。

1993年9月23日11时30分，北京申办城市代表团在国际奥委会第一〇一次全会上作了陈述报告，就是这最后短短的45分钟陈述报告，赢得了与会委员们的一致好评。

投票开始了，第一轮投票，中国以32票领先，悉尼以30票紧随其后，伊斯坦布尔仅获7票被淘汰。

在第二轮投票中，中国以37票名列榜首，柏林则以9票出局。

第三轮投票的开始，斯威士兰委员因故返国，只剩88位委员参加投票。北京获40票，仍领先于获37票的悉尼，曼彻斯特被淘汰出局。

北京一片"大热"令在场的代表团成员欢欣鼓舞，人们都以为2000年奥运会的主办权将会落在中国北京。

北京时间1993年9月24日2时27分，全世界亿万人的目光，都通过电视屏幕集中在摩纳哥蒙特卡洛圣路易二世体育馆内，他们注视着讲台上的国际奥委会主席萨马兰奇。萨马兰奇就要公布选票结果了。

然而，此时，萨马兰奇的嘴唇吐出两个字："悉尼。"

在最后一轮投票中，北京和悉尼的得票数为43票比45票，北京以两票之差落选。

这也就是说，国际奥委会第一〇一次会议的89名国际奥委会委员们在今天的秘密无记名投票中，选择悉尼作为2000年第二十七届奥运会的举办城市。

最终，中国期待已久的2000年奥运会梦想，离北京远去了。这样的结果，让在场的悉尼代表击掌庆贺，却让在场的每一个中国人都流露出无比的伤心与失望。蒙特卡洛之夜成了人们不愿再提及，却永远铭记于心的不眠之夜……

然而，正如时任国务院副总理的李岚清所说，2000年奥运申办失利，并没有动摇北京申办奥运会的决心和信心，大家反而从中吸取经验教训，为新一轮的申办努力。

有记者问李岚清："如果中国申办2000年奥运会不成功，是否要继续申办奥运会？"

李岚清说：

> 现在我们正在全力以赴争取申办成功。我们中国人做任何事情都采取这样一种态度，即胜利了不骄傲，不成功也不气馁。我们将一如既往，继续为发展奥林匹克运动作贡献。

北京奥申委正式成立

1998年11月25日，北京市市长贾庆林代表北京市人民政府，正式向中国奥委会主席伍绍祖递交举办2008年奥运会的申请书。

1999年1月6日，中国奥委会在首都体育馆举行全体会议，大会先听取了北京市副市长刘敬民就北京申办2008年奥运所作的说明，然后进行讨论。

最后，大会以举手表决的方式一致同意：

由北京市人民政府申办2008年奥运会。

4月7日，北京市市长刘淇和中国奥委会主席伍绍祖，在瑞士洛桑国际奥委会总部，向国际奥委会主席萨马兰奇正式递交了北京申办2008年夏季奥运会的申请书。

9月6日，北京2008年奥林匹克运动会申办委员会（简称为北京奥申委），获中华人民共和国国务院批准成立。

这一天，北京奥申委在人民大会堂召开成立和挂牌大会。中央政治局委员、北京市委书记贾庆林和全国人大常委会副委员长何鲁丽等领导为北京奥申委的大铜牌揭幕。

出席这一仪式的有国家体育总局和北京市的主要领导。

该机构专门进行2008年奥运会申办工作，由北京市政府，国家体育总局，中央和国务院有关部门负责人，奥林匹克事务专家，优秀运动员代表，教育界、科技界、文化界人士，企业家和社会其他知名人士组成。

北京市市长刘淇任北京奥申委主席，国家体育总局局长、中国奥委会主席袁伟民任执行主席，国家体育总局党组书记、副局长李志坚与北京市副市长刘敬民任常务副主席，国际奥委会执委何振梁与中国奥委会原副主席魏纪中任顾问，国际田联副主席楼大鹏任体育主任，中国奥委会秘书长屠铭德和北京市政府副秘书长王伟分别担任秘书长和副秘书长。

北京奥申委的常设领导机构是执行委员会，下设办公室、研究室、对外联络部、新闻宣传部、体育部、工程规划部、财务部和技术部8个工作部门。

北京2008年奥申委的成立，标志着北京申办2008年奥运会的工作正式提上日程，一系列紧锣密鼓的申办准备工作也将随之开始。

正式确定申奥标志

2000年1月4日，北京奥申委在北京新侨饭店A座五层多功能厅，召开了奥申委全体人员动员大会。

伍绍祖在会上作了主题报告，传达中央领导关于这次申办的指示精神。

袁伟民在会上强调，申办的宣传工作要从一开始就注意"内冷外热"，要搞好北京的环境保护工作，建设世界一流的设施。

5天以后，国家体育总局和中国奥委会又在北京召开全国体育工作会议和中国奥委会全体委员会议。

会议上两次提出：

今年要把备战悉尼奥运会和申办2008年奥运会的工作做好。

2000年2月1日，北京奥申委召开了第二次全体会议。在这次会议上，通过了北京申办的主题口号：

新北京，新奥运。

这个申奥口号有着丰富的内涵：

"新北京"的含义是，有3000多年建城史的北京，经过改革开放的洗礼，将以崭新的、多姿多彩的面貌进入新世纪，她将以饱满的热情欢迎全世界的体育健儿和各界朋友，共同参与奥运盛会。

"新奥运"的含义是，历经百年沧桑的现代奥林匹克运动会，在拥有世界五分之一人口的中国举办，将使奥林匹克精神得到更广泛的传播，它将以全新的面貌向世界人民展示其特有的魅力。

进入新世纪的奥林匹克运动，必将翻开奥林匹克运动的崭新一页。

北京奥申委第二次全体会议还通过了由我国设计师陈绍华、韩美林和靳埭强等人共同创造的"中国结"为申奥标志，也有人称其为"太极人"。

其实，对于申奥标志的选择，是经过精心的思考才确定下来的。

早在北京刚一申奥时，就进行了大规模的征集申奥标志活动。国内外的爱国人士纷纷献计献策，献上自己的设计方案。最后，在这次会议上，才确定了北京的申奥标志。

之所以选择这一申奥标志，是因为奥运五环的构成，形似中国传统民间工艺品的"中国结"，又似一个打太极拳的人形。

"中国结"图案如行云流水，和谐生动，充满运动感，象征世界人民团结、协作、交流、发展，携手共创新世纪；表达出奥林匹克更快、更高、更强的体育精神。

"中国结"标志，充溢着中国北京的盛情和期盼，记载着中国北京向世界作出的承诺，这就是"舞动的北京"。可以说，申奥标志是一座奥林匹克的里程碑。

"中国结"是用中华民族精神镌刻、古老文明意蕴书写、华夏子孙品格铸就的一首奥林匹克史诗中的经典华章；它简洁而深刻，展示着一个城市的演进与发展；它凝重而浪漫，体现着一个民族的思想与情怀。

"中国结"申奥标志是诚信的象征，是自信的展示，是第二十九届奥林匹克运动会主办城市北京向全世界、全人类作出的庄严而又神圣的承诺。

奥申委提交申奥报告

2000年2月2日,国际奥委会在洛桑宣布:

在2月1日报名截止日期之前,有10个城市向国际奥委会提出申办2008年夏季奥运会的申请。

这10个城市是:中国的北京、泰国的曼谷、土耳其的伊斯坦布尔、马来西亚的吉隆坡、古巴的哈瓦那、埃及的开罗、日本的大阪、法国的巴黎、西班牙的塞维利亚和加拿大的多伦多。

2月24日,北京奥申委常务副主席刘敬民率代表团出席2008年奥运会申办城市联席会议。

国际奥委会提供了包括6个方面22个问题的"答卷",执委会将根据各申请城市的"答卷"遴选申办候选城市。

新的申办程序约法三章:

不允许国际奥委会委员访问申办城市;不允许申办城市走出去拜访国际奥委会委员;不准送礼。

6月18日，王伟起程前往国际奥委会总部，递交申办奥运会的城市必须回答的22个问题。

6月19日，北京2008年奥运会申办委员会在洛桑向国际奥委会递交了申请报告。

10月16日，国际奥委会各国际单项体育组织的官员，陆续对北京进行考察。

按国际奥委会的要求，国际单项体育组织考察各申办城市，对其体育设施、交通和接待条件等是否具备举办奥运会比赛条件，将给予确认并签发认证书。

截至12月25日，北京奥申委陆续收到了奥运会全部28个项目的国际单项体育组织签发的认证书。

在向国际奥委会陈述奥运会申办工作报告后，2001年1月1日，北京奥申委在中华世纪坛举行"纪念顾拜旦，弘扬奥林匹克精神"报告会。

1月1日，是现代奥林匹克运动的创始人顾拜旦诞辰138周年纪念日。北京奥申委和中国奥委会举行报告会，纪念这位远见卓识、充满创新精神的奥林匹克运动的先行者。

北京奥申委主席、北京市市长刘淇，北京奥申委执行主席、中国奥委会主席袁伟民，国际奥委会执委何振梁等，分别作专题报告或发表讲话。

确定申奥形象大使

2000年10月26日,新华社北京电:

香港著名影星成龙今天在京受聘成为北京申办2008年奥运会形象大使,在银幕上向全世界展示中国功夫的他将专门为北京申奥拍摄一部宣传片。

今天下午,在北京奥申委办公地新侨饭店,北京奥申委常务副主席、北京市副市长刘敬民将形象大使的聘书颁发给成龙,并向他赠送了数套悉尼奥运会中国运动员服装。

刘敬民说,在西方人士的眼中,独具魅力的中国功夫是与成龙先生的形象联系在一起的,他在海内外的广泛影响将有助于北京的申办工作。刘敬民表示,有了全世界华人包括港、澳、台同胞的大力支持,北京夺取申奥胜利的可能性更大。

对能成为北京申奥形象大使,成龙表示非常荣幸和高兴。他说,北京申办奥运会是中华民族的一件大事,作为一个中国人,自己一定会全力以赴地为申办作出最大的努力。

据悉，近期北京奥申委还将聘请数位在海内外有较大影响和知名度的人士担任申奥形象大使。

可以说，通过世界驰名的中国功夫，成龙在国际社会中赢得了很高的声望。在北京申办工作进入关键的时期，成龙的加盟为申奥形象的进一步提高起到了积极作用。

成龙说，申办奥运对提升全北京以至全民的国际形象至关重要。身为华人的一分子，能够参与到申办工作中他感到非常光荣，他将全力以赴投入到这件中华民族的盛事中来。同时他也呼吁，全民行动起来共同为申办出力。

受聘当晚，他便来到摄影棚，与张艺谋一起练起了太极拳。这将是申办陈述片中的一个镜头。

为了让成龙在半天的时间里完成拍摄任务，剧组特别请来一位天津老拳师和一位丰台体校的女教练，请他们上台表演各自的套路，选取其一教授给成龙。

虽然成龙很谦虚地表示自己从没打过太极拳，老拳师却说武术的很多东西都是触类旁通的，成龙武术功底好，学太极拳对他来说并不难。

张艺谋给成龙讲解如何拍摄这 56 秒的镜头："太极是中华民族的国粹，我们要表现出太极那种气韵亨通的感觉。"

成龙与张艺谋进行完简短的沟通后便上台跟着拳师练了起来。虽然成龙在台上还一个劲儿地念叨："我平时演的都是硬功夫，动作出手特别快，太极却是很慢的东西。"可他一端起架子来却形神兼备，颇有几分大师的味道。

一边观看的人群禁不住赞叹说："不愧是成龙，这片子准能拍出中国人的精气神来！"

成龙对于申办奥运会也同样有着热切的期盼，这从他接受刘敬民副市长赠送的第二十七届奥运会中国代表团使用的运动服和风衣时所说的话中，我们可以感受到。

成龙说：

今后无论走到哪里我都要带着它们，让所有得过奥运金牌的选手在衣服上签名，请他们支持北京申奥。

他还说道：

我不会讲话，我只会做。身为中国人的一分子，参与奥运会申办非常光荣。

此外，北京奥申委还聘请了数位在海内外有较大影响和知名度的人士，担任申奥形象大使。

这其中有世界著名乒乓球运动员邓亚萍，她共获得

18个世界冠军，包括4个奥运会冠军，曾两次出任国际奥委会运动员委员会委员，就读于英国诺丁汉大学。

当时仍在英伦求学的乒坛前国手、国际奥委会运动员委员会委员邓亚萍说："2月份我将回国，以形象大使的身份为申奥做些实际工作。"

邓亚萍对此次北京申奥充满信心。她认为，如今的北京已经积累了许多经验，成熟了许多，与1993年申奥时相比，北京现在各个方面都有了巨大的变化。谁也无法想象，再过8年北京又会发展成什么样。

邓亚萍为北京申办奥运会发出呼吁，她说：

奥林匹克，我们的共识；北京，我们共同的期待。

中国作为一个世界大国从来没有举办过奥运会，这对国际奥林匹克事业也是一个遗憾。

北京是人口最多的国家的首都，能够举办奥运会无疑会极大地促进奥林匹克精神在全世界的传播。不仅如此，中国的发展速度有目共睹。当然我们的环境还不够理想，但我想这个不足完全可以通过努力来改变。总之，北京的有利条件远远超过不足。

运动员中的形象大使还有正在北京康复中心接受治疗的桑兰，她原是国家女子体操队队员，曾在全国性运动会上获得跳马冠军。

1月14日，在接受形象大使聘书时，坚强的桑兰一脸灿烂的笑容，她说："我现在每天坚持锻炼、看书，身体恢复得不错，请大家放心，桑兰会好起来的。"

桑兰成为申奥大使后坚持锻炼，以自己的方式支持申办。桑兰表示：

> 虽然行动不便，但可以给认识的朋友们写信、打电话，请他们支持北京申奥，我将尽全力为北京申奥工作，我坚信我们会取得成功。

桑兰在1998年纽约市长岛举办的友好运动会上不幸因脊髓严重挫伤而造成瘫痪。在美国治疗期间，她以"桑兰式微笑"征服了大洋彼岸的人们。

桑兰曾在第五届残运会新闻发布会上表示，希望下届残运会能作为一个运动员而不是嘉宾参加这一体育盛会，并对轮椅乒乓球表现出了浓厚的兴趣。

还有一位运动员也成了申奥大使，她就是国家女子体操队队员刘璇。她是20世纪90年代中国体操女队全盛时期的主力队员之一。

刘璇服役的时间比较长，创下中国女子体操队年龄最大的纪录。她是中国第一位参加两届奥运会的女子体操选手。

刘璇将会作为形象代表，在2000年12月，随北京奥申委代表团赴洛桑作申办陈述报告。

北京奥申委聘请的申奥形象大使，还有驰名华人世界的著名电视主持人杨澜，她是原中央电视台的节目主持人，曾获得中国首届主持人"金话筒奖"。

1996年，杨澜与人合作完成的纪录片在美国哥伦比亚电视网19时黄金档向全美播出，开创了亚洲主持人进入美国主流媒体之先河。同年，她被选入英国《大英百科全书世界名人录》。此后，她进入凤凰卫视担任节目主持人。

1999年10月，杨澜离开凤凰卫视中文台，担任阳光文化影视公司董事局主席，成为一名具有真正国际影响力的电视制片人。

2000年1月14日，成为2008年申奥形象大使的杨澜在接受聘书时说，8年前，她曾作为中央电视台节目主持人赴蒙特卡洛报道选定2000年奥运会主办城市的国际奥委会第一〇一次会议。非常遗憾的是，北京那次没有申办成功，她是流着眼泪返回北京的。今天她荣幸地被聘为北京申办2008年奥运会形象大使，她认为北京所提出的"绿色奥运、科技奥运、人文奥运"非常吸引人，她将通过文化传媒为北京申奥多做宣传工作。她说，到时候，她希望从莫斯科笑着回来。

杨澜还说："我刚生了一个小孩，到2008年，我要带着孩子来北京看奥运会，这将会是她童年最美好的回忆。"

之后，杨澜在奥申委的一个工作间，聚精会神地在电脑前敲动键盘。虽然人们不忍心打断她的思路，还是不断有人向她问好。她也不断地以微笑作答。

原来，她将受托在国际奥委会考察北京时，担任文化部分的陈述。这一重任，使她必须提前进入角色。

对于邀请她担任申奥形象大使，杨澜表现出了极大的热情。作为生于北京、长于北京的她，对北京充满了感情。她说：

> 非常感谢北京奥申委给予我的这份荣誉。帮助北京申办成功是我义不容辞的责任。

尽管她刚刚生了女儿，还在哺乳期，但她还是希望尽可能多地参加奥申委组织的活动。

她希望通过自己的努力向世界展现一个现代的、充满活力的新北京，展示中国人民生机盎然的新生活。

此外，北京申奥形象大使还有中国著名电影女演员，具有国际知名度的国际影星，"金鸡"奖、"百花"奖双料影后巩俐。

巩俐曾在第四十九届威尼斯国际电影节上获得最佳女演员奖，这是中国大陆女演员首次荣获国际大奖。后担任第五十届柏林电影节评委会主席，成为首位担任这一职位的华人。

巩俐在1998年获得法国政府颁发的"艺术文化军

官"勋章，比骑士勋章更高一级，被称为"今日中国文化的象征以及代表东方美的永恒标准"。

2000年5月，联合国教科文组织在巴黎正式颁给巩俐"促进和平艺术家"头衔。同年年底，联合国粮食开发署宣布巩俐为"粮食爱心大使"。这也是第一个担任这一职务的中国人。

此后，巩俐为申奥事业贡献自己的力量。

代表团陈述申办工作

2000年12月13日,申办城市向国际奥委会执委会进行第一次申办工作陈述。

在陈述中,北京代表团出色的表现对最后赢得成功起到了重要作用。

魏纪中分析认为,北京代表团在陈述中采用比较简单朴实的形式,为国际奥委会委员提供他们要求得到的确实信息。在他们的陈述中,可以看出北京的成功不是偶然的。

北京奥申委秘书长王伟说,我们相信北京申办能够成功,理由如下:

第一,北京市民对申办的支持率达到95%,他们意识到举办奥运会能给他们带来好处。因此,北京奥运会代表着"人文奥运"。

其次,近20多年来,北京经济发展很快,人民生活水平有了极大的改善。越来越多的人参与到文化与体育交流中,渴望成为国际体育大家庭中的一员。举办奥运会是达到这一目标的最佳途径。

第三,北京申办奥运会得到了中国政府的大力支持,北京奥运会有足够的财政和其他保证。

第四,北京是一个经济和技术都在发展的

城市。在过去的7年中，每年经济增长速度平均都保持在10%。到2008年奥运会时，北京要建成奥运会所需要的场馆不会有问题。

第五，北京将建成最好的体育场馆，做到体育与环境的良好协调。在先进的体育设施、技术，先进的通信中心和各项文化娱乐活动中都将使用清洁和再生能源。

这些都为北京的成功打下了坚实的基础。

国际奥委会在评估报告中，把北京列入领先城市行列，并在结论中断言：

> 北京奥运会将给中国和体育留下独一无二的遗产。

事实上，在申奥过程中，北京一直在竞争中保持着领先的地位。

国际奥委会的委员们大都坚信，奥运会将使中国更加开放，加速中国的社会和经济改革，这是全世界人民希望看到的。

2000年8月28日，国际奥委会执委会会议在瑞士的洛桑举行，北京获得2008年奥运会的申办资格。

获得申办资格的另外4个城市是法国的巴黎、日本的大阪、加拿大的多伦多和土耳其的伊斯坦布尔。5个落选城市是曼谷、吉隆坡、塞维利亚、开罗和哈瓦那。

5个城市获得申办资格，标志着申办2008年奥运会工作从此进入"决赛"阶段。

奥申委递交《申办报告》

2001年1月，北京奥申委秘书长王伟一行，在洛桑向国际奥委会递交北京申办2008年奥运会《申办报告》。

北京的《申办报告》是一部"百科全书"。据介绍，所用纸张是美国的环保纸。

印制好的《申办报告》，有简洁大方的装帧，紫红色的封面，一页法文，一页英文，并且配有图表和照片，清晰、精美，令人耳目一新。

《申办报告》分3大册，共18个部分，总计596页。

前17个部分包括第一册的国家和城市的特点，法律，海关入境，环保，财政，市场开发；第二册的比赛日程，体育场馆，残奥会，奥运村；第三册的医疗卫生，安全保卫，住宿，交通，技术，新闻，文化共计17项内容。

第十八个部分是保证书。其中有国家主席江泽民和国务院总理朱镕基的支持信；北京市市长刘淇、国家体育总局局长袁伟民的信；外交部、财政部、海关总署等国家有关部门负责人以及70个宾馆、饭店老总签名的保证书；还包括28个国际单项体育组织的认证书等，共计169份。

此外，《申办报告》还涉及政治、经济、文化、体育和城市建设等方方面面，是一部实实在在地反映北京和中国发展前景的"百科全书"。

《申办报告》的资料主要来自国家有关部门以及北京市各厅、局。

按照国际奥委会的要求，对某些领域到2008年的规划和目标需要作具体阐述，更重要的是要使国际奥委会委员相信规划的可靠性和可行性，如体育场馆和奥运村的建设须说明经费来源、提供方法、建设工期等。

《申办报告》的编撰工作早在2000年初就开始筹备了，并于当年7月成立了以常务副主席刘敬民为组长的领导小组，绘制出工作计划网络图，以及既有分工又有进程的时间表。直接参与这项工作的约200人。

《申办报告》的法文和英文翻译工作是由北京外国语大学的一个专家组承担的，到12月下旬译文随之完稿。在最后时刻，熟悉体育又熟悉法文、英文的体育专家何振梁、魏纪中、楼大鹏、吕圣荣等应邀"出山"，对法、英译文进行最后的核校。

这份报告有20多万字，近百张图表，工作量很大，经过几位专家连续几天几夜不停工作才得以完成。

这次送交国际奥委会的《申办报告》共70套。经认可后，还将寄送每位国际奥委会委员以及各国际单项体育组织等，总计需要252套。

2月2日，北京奥申委发布消息：盖洛普（中国）咨询有限公司独立进行的调查结果显示，94.9%的北京市民支持北京申办奥运会。这项调查结果，也被写进了北京的《申办报告》中。

2月6日，国际奥委会执委会在达喀尔举行会议，强调国际奥委会评估委员会对申办2008年奥运会城市的考察，只考察技术，不考虑政治。

执委会一致通过了萨马兰奇主席写给国际奥委会评估委员会的信。信中说：

> 评估委员会的职责是技术评估，审查每个申办城市举办2008年奥运会的能力，看哪个城市能给所有参加奥运会的人员——首先是运动员——提供最好的条件，并使奥运会得到最广泛的关注，评估委员会不需要考虑政治问题。

执委会还就反兴奋剂问题作出新规定，要求申办奥运会城市所在国家的法律与国际奥委会反兴奋剂法典一致，否则将取消举办奥运会资格。

随后，国际奥委会评估团于2月至4月先后对北京、大阪、多伦多、巴黎和伊斯坦布尔进行了考察。

对北京进行调查评估

2001年2月，以海因·维尔布鲁根为主席的国际奥委会评估团一行来到北京。

在国际奥委会评估团到达北京之前，北京奥申委就组织作过两次的民意调查，了解北京市民对北京申奥的支持程度。

两次民意调查最终有效结果显示，北京申办2008年奥运会的民众支持率均在94%以上。

国际奥委会评估团简直不相信会有这么高的民众支持率，他们到达北京后，就立刻委托他们信任的公司，在北京独立地进行了民意调查。最终，有效的民众支持率高达96.4%。

评估团也对这么高的支持率感到惊奇和"不可思议"。因为与北京同期的两个主要对手巴黎和多伦多的民众支持率分别达到了79%和78%，他们就已经认为高得不可思议了。他们迫切希望通过与中国民众接触来验证这个至极的支持率。

从2月19日到25日，国际奥委会评估团人员在京停留长达一周，短的也有6天。除了集体活动之外，他们还分批到北京饭店边上的王府井大街逛了商店，他们想亲身了解民众对北京申办奥运的态度。

他们到处碰到的都是欢迎的笑脸，有的人还用英语与他们攀谈，把他们都当成了有表决权的国际奥委会委员，希望他们投北京一票。

在工艺美术商店，有位男售货员干脆对评估团的一名工作人员说："你投北京一票，这块玉我个人掏钱送给你。"

中国陪同人员半开玩笑地干预说："你这不成了变相买选票了吗？"弄得评估团那位工作人员很不好意思。

在新东安市场，评估团成员遇到一个十多岁的小姑娘。小姑娘特意买了3个"中国结"，分送给3位评估团成员，以表达对北京申奥的祝福。

当国际奥委会委员、英国奥委会主席瑞迪先生听到商场广播正在播放自制的申奥节目时，他很有感触地说：

中国人对申奥投入的热情竟是如此之大！

评估团的国际奥委会委员之一、巴西奥委会主席努兹曼对中国的印章十分感兴趣，希望买一枚刻上自己的名字作纪念。但当他在某商店问工期时，才知道要一周才能刻就，他感到时间太长了。

在北京饭店负责接待的工作人员得知此事后，便主动与篆刻人员取得了联系，篆刻师傅说："正常是一周交活儿，因为人手少活儿太多。但评估团要的，没的说，两小时准完，让他投咱北京一票。"

努兹曼先生拿到印章后爱不释手，他说：

这个速度，使我体会到了北京市民对申办的支持。

2月22日下午，评估团全体成员按计划进行了与上午陈述内容相对应的业务考察。相关领导陪评估团先去参观了高碑店污水处理厂、工人体育场等地，又一起去位于平安大道边上的北京四中参观。

在古朴的北京四中校门前，早已伫立着一群满脸笑容的师生。当评估团成员下车时，17名学生迎上前来，分头陪自己锁定的客人。他们熟练地用英语表示了欢迎，个别学生还简单用委员们的母语打了招呼。

接下来，小陪同们和评估团成员先后参观了教室、游泳馆、体育馆和田径场等。

在体育馆看到学生在打篮球，不少评估团成员还主动与学生比起了上篮和投篮。

布勃卡曾经获得撑竿跳高6次世界冠军，35次打破世界纪录，还是6.15米的世界纪录保持者。在来到北京考察前的2月4日，布勃卡正式宣布退役，时任国际奥委会执委。

陪同他的四中女同学是一位高个子小姑娘，她声称自己喜欢跳高，但成绩不理想，向布勃卡讨教。"师徒"二人边参观边切磋起了跳高技术，共同的技术语言使他们很快成了"忘年交"。

在参观完学校来到校门时，小陪同们都掏出了自己准备的小纪念品送给评估团成员。其中有不少是大贺卡形式的，上边贴着评估团相关成员的照片，还有中英文良好的祝愿和小主人本人的照片。有的还不忘用彩笔画上了北京申奥会徽。所有纪念品制作得都十分温馨，洋溢着申奥的热情。

在门口西侧的影壁上，有一面巨大的支持北京申奥的签名墙，不少评估团成员被中学生们拉去签了名字。

应小主人的要求，团长维尔布鲁根还在一名中学生的本子上用英文写了一句话："Good Luck to Beijing Still to 2008"，即"祝北京好运，直到2008"。

在回程车上，评估团成员还在认真欣赏学生送他们的纪念品，他们从中真真切切感受到了中国学生对奥运会的期盼。

离开四中后，一行人乘大客车绕到西四环，不停车地参观了位于五棵松的奥运会篮球场的预留地，最后来到了宣武区的"椿树绿色社区"。当评估团赶到这里时，天已擦黑，但没想到小区院内聚集着那么多人。

评估团的成员兴奋无比，他们开始和会讲英语的社区居民聊天，有的说不通就在地上比画着。大家就家庭、婚姻、养老、住房等问题与当地居民进行了热烈的交流。

社区居民十分热情，他们就像与客人拉家常一样，谈起他们的话题，向评估团成员谈起他们对奥运的企盼之情。

知名民间环保事业倡导者和活动家廖晓义还指挥孩子们唱起了环保歌，评估团的部分成员也高兴地和孩子们拉着手一起唱。布勃卡还和一个孩子十分认真地打起了乒乓球。

在车上，国际曲联秘书长弗里斯曼夫人兴奋地说：

没想到北京的社区生活这么热闹，人们相处这么和谐，对奥运会的渴望这么强烈！

2月23日下午，评估团兵分两路去考察，一路是北京交通指挥中心、中央气象台、北京市天然气集输中心和北京中日友好医院；一路的考察工作主要是北京的体育场馆设施，考察点为首都体育馆、奥林匹克饭店、八大处山地自行车赛场、北京射击场、老山自行车场和铁人三项的路线。

23日下午，6位首次来北京的评估团成员，要求在工作考察后去参观故宫博物院。

但按故宫的要求，每天16时就闭院了。当博物院领导得知评估团的客人要来参观后，立即通知全博物院员工在下班后不得离岗，副院长还亲自出面欢迎客人，并热心担当起导游。

评估团成员不仅对故宫的雄伟恢弘表示赞叹，而且对博物院领导和员工对他们的关照表示十分感谢。

国际奥委会负责申办城市关系部的雅克琳小姐对这次的参观一直记忆犹新，后来她深有感触地说：

> 我这些年跑了不少申办城市。要说陈述，没有哪个国家能有中国那么大的行政干预力量，可以集中那么多的专家；要说接待，没有哪个城市能像北京奥申委那样，把工作做得那么细，那么有人情味；要说市民支持率，没有比北京更高的了。

24日下午进行最后一些项目的考察。他们先到北京市电信公司和中央电视台考察，最后到中华世纪坛参观了正在那里展出的"中国体育展"和"世纪国宝展"，并在影视大厅观看了北京申奥专题片。

之后，评估团在北京饭店举行新闻发布会。国际奥委会评估团主席海因·维尔布鲁根说：

> 评估团看到了一个真实的北京，北京申办奥运会得到了政府和市民的大力支持，北京奥申委的工作是积极有效的。

维尔布鲁根主席在新闻发布会上概括这次对北京的考察工作时，强调了四点：

第一，北京奥申委的工作团队达到了非常高的专业水平。

第二，北京在环保方面制订了相应计划，这些计划是不管北京申办成功与否都将实施下去，将给北京留下很好的环境遗产。

第三，北京申奥得到了政府和民众广泛的支持。我们自己的调查，也证实了北京奥申委给我们提供的数字是正确的。

第四，北京奥申委提出了一个非常有利于安排比赛项目的计划。他们对残疾人奥运会也作出了一些很好的计划安排。

当晚，刘淇、袁伟民在人民大会堂西大厅和新疆厅举行酒会和宴会，为评估团送行。

为了营造一个宽松、愉快的气氛，领导特别安排16位主陈述人和北京四中的中学生代表参加了晚宴。

宴会上主宾互相祝贺对方的成功，都有一种如释重负的轻松感觉。当宴会快结束时，北京金帆、银帆艺术团的小演员们主动邀请评估团成员和领导跳舞。维尔布鲁根团长带头响应，一下子把晚宴改成了歌舞晚会，把活动推向了高潮。

2月25日下午，当评估团17人乘车抵达首都机场准备转飞日本大阪对第二个申办城市进行评估考察时，刘淇、袁伟民等一大批与他们朝夕相处的中方领导和专家早已在机场贵宾室等候。

当中方将评估团成员在京活动的照片册送到他们手上时,他们高兴地叫了起来,认为这是最珍贵的纪念。

当他们看到欢送的人群中有他们熟识的主陈述人,还有北京四中的小伙伴时,评估团的好几位女士都激动得流下了眼泪。

特别是国际奥委会申办城市关系部主任雅克琳·巴特雷女士,由于22日下午她另有任务,没有去成北京四中参观,当别的成员回来转给她一份同样的纪念品时,她马上给那位没见到的小伙伴写了回信。

在机场告别时,她看到评估团成员都有自己在北京四中的小伙伴来机场送行,她真有点眼馋,感到有些失落。这时人群中有一位英俊的中学生走到她跟前,接待组的同志马上向她介绍说:"这位同学就是北京四中应陪你参观学校的小陪同。"

她激动得不知说什么好,上去一把抓住了她的小伙伴,感谢他两天前转送给她的精美纪念卡,感谢他到机场来为她送行。他们一边合影一边像重逢的老朋友讲个不停。

人们环顾四周,到处是拥抱、合影、留地址、道别的人群,惜别之情一直蔓延到登机口。

2001年5月15日,国际奥委会在瑞士洛桑召开国际奥委会执委会与国际单项体联总会联席会议期间,公布了对5个2008年奥运会申办候选城市的评估报告。

北京时间5月15日17时，北京收到评估报告的英文本全文。翻译工作是由何川负全责，他感到这个责任神圣而重大。他在此之前早已做好了充分准备，收到英文本后马上启动了评估报告的翻译工作。

评估报告在概述中特别说明：

国际奥委会要求评估团在对所有城市进行评估时，工作要比以前更深入细致，以便向国际奥委会汇报每个申办城市在2008年奥运会前的7年间及奥运会期间可能面临的挑战或困难。

评估团的任务是技术性的，它要验证各城市在申办报告里所提供的信息，判断所制订的计划是否可行，并进行总的风险评估。

最后，评估报告对中国北京的结论是：

这是由政府推动，国家奥委会大力协助的申办活动。良好的比赛项目构想和政府的全力支持使得申办活动达到了高水平。

评估团注意到中国和北京所发生的巨大变化和变化速度，以及在2008年之前由于人口与经济发展可能带来的挑战。不过，评估团相信中国可以战胜这些挑战。

环境方面存在挑战，但是，政府在这个领

域的强有力措施以及投资应该能解决这个问题，并且改善这个城市的面貌。

评估团相信北京奥运会将给中国，给体育运动留下独一无二的遗产。评估团相信，北京能够组织一届出色的奥运会。

二、声援北京

- 美联社发表评论说：选择北京对于国奥会来说是一次机遇和挑战，是历史上最伟大的一次"授予"。

- 2001年6月16日8时35分，由中华全国体育总会联络部和中国台北田径协会共同主办的"北京奥运·炎黄之光——海峡两岸长跑活动"，在中国台北的孙中山纪念堂前广场准时举行。

- 2001年6月23日上午，在雄伟的居庸关，美国西部华人祝北京申奥成功的"奥运龙——大地艺术作品展示活动"隆重开幕。

各国舆论声援北京

2000年3月10日,北京市副市长汪光焘在新闻发布会上宣布:

北京将兴建大型国际展览体育中心,即奥林匹克公园。这项重大工程的规划设计方案征集活动从即日起在国内外展开。奥林匹克公园选址在北京中轴线的北端,北四环路南北两侧地区,毗邻亚运村和国家奥林匹克体育中心。

拟建项目包括:中国国际展览中心和北京世界贸易中心,主体育场等5个专用体育场馆和4个兼用场馆,还有新闻会议中心以及文化广场、公寓、办公娱乐服务设施等。

可以说,我国对于申办奥运会是十分重视的。5月8日,国务院总理朱镕基在会见出席第三届中国北京高新技术产业国际周活动的外宾时说:

北京市代表中国申办2008年奥运会是全国各族人民的共同愿望,必将推动奥林匹克运动在中国的普及。中国政府对这次申办十分重视,全力支持，并将从各个方面为北京市的申办工作创造良好的条件。

其实，近 20 多年来，中国取得了有目共睹的进步和发展。对于中国来说，良好的环境与条件已经达到申奥的要求。因此，大部分西方主流媒体对于北京申奥持肯定态度。

美联社发表评论说：

国际奥委会正肩负着强烈的历史使命和社会责任，拥有改变世界的力量。选择北京对于国奥会来说是一次机遇和挑战，是历史上最伟大的一次"授予"。

这正如国际奥委会执委、德国人巴赫所说：

奥运会主办权之争实际上是两大阵营之间的较量，一方是各种硬件都达到了西方社会价值观标准的巴黎和多伦多，另一方是得到奥运会主办权后国家会发生深刻变化的中国。委员究竟选择哪一方，要看他对奥林匹克精神的理解。

对此，《纽约时报》也撰文指出：

国际奥委会把 2008 年奥运会主办权授予北京等于告诉中国：世界希望他们在未来的国际社会中扮演更重要的角色。

英国《独立报》资深专栏作家麦克莱奥德认为，中国拥有不可想象的力量和独特的优势。

由于群众支持率高，中国在获得主办权后为奥运会的举行做准备期间面临的麻烦要比其他国家少得多。

中国在奥林匹克运动中取得的成就，也是获得国奥会委员好感的重要因素。

美联社的评论指出：

中国是奥林匹克大家庭最忠实的成员之一，经济因素占主导地位。

近 20 年来，随着国际体育高度商业化和产业化，经济正在成为主导奥林匹克运动发展方向的重要因素。而中国潜在的市场价值是国际奥委会众多委员看好北京的一个重要因素。从经济角度来说，国际奥委会的赞助商如可口可乐、麦当劳以及通用电器等这些经济巨头都看好中国。奥运会正是打开中国巨大商业市场的一把钥匙。奥运会在北京举办，将为世界带来无限商机。

与此同时，与中国一贯保持友好关系的一些发展中国家对北京申奥也给予了有力的支持。

墨西哥《先驱报》也发表署名文章，呼吁国际奥委会委员主持正义和公道，要充分考虑这个东方体育大国主办奥运会的整体形象和水平。

国际奥委会官员也表示，中国自1984年重返奥运会以来，已经成长为一个体育大国和强国，成为国际体育事业发展一个重要的力量。

中国致信国际奥委会

2000年9月9日,江泽民主席致信给国际奥委会主席,其内容为:

亲爱的萨马兰奇先生:

我曾收到过您寄来的关于北京申请2008年奥运会的信件。

在您最近主持的国际奥委会执委会上,北京已经成为5个候选城市之一。我和我的同事们完全支持北京申办。

如能在具有悠久文明并且迅速发展的北京举办2008年奥运会,无论对奥林匹克运动,对中国乃至世界都具有积极意义。

我深信北京市在中国政府和全国人民的支持下,将作出非凡的努力,一定能办成一届高水平的奥运会。

欢迎您在方便的时候访问中国。

中华人民共和国主席

江泽民

2000年9月9日于北京

紧接着，朱镕基总理也作出了承办奥运会的诚挚承诺。朱镕基说：

中国政府对北京申办2008年奥运会十分重视，全力支持，并将从各个方面为申办工作创造良好条件。现代奥林匹克运动是促进各国人民相互了解，增进友谊，维护世界和平的崇高运动。奥林匹克运动会是当今世界上规模最大、水平最高、影响最广的体育盛会。北京市代表中国申办2008年奥运会，是全国各族人民的共同愿望，必将推动奥林匹克运动在中国的普及。

随后，北京奥申委名誉主席贾庆林也进一步强化了对于北京的"申奥意识"。他说：

申办奥运是树立首都良好形象，营造有利的国际环境，加快北京新世纪发展的难得机遇。

全市上下务必要以江泽民主席致萨马兰奇的信为动力，充分发扬悉尼奥运会上中华健儿自强不息、奋勇拼搏的可贵精神，进一步强化"申奥意识"，积极参与，广泛动员，各负其责，紧密协作，举全市之力把申奥这件大事切实抓紧抓好。

北京奥申委主席刘淇市长则表示要举"全市之力"来办好这一届奥运会。他说：

奥林匹克运动的先驱者顾拜旦先生所创立的奥林匹克理想，得到了13亿中国人民的理解和热爱。北京正怀着崇尚奥林匹克理想，发展奥林匹克运动的美好愿望，积极申办2008年奥运会。举全市之力，调动各方面的力量，全面推进申奥工作。要把申奥作为推动工作上新水平的机遇和动力，通过申奥推动全市两个文明建设和各项事业发展。

作为北京奥申委执行主席的袁伟民，也对申办奥运会作了进一步发言。他说：

随着中国社会的进一步发展，综合国力的加强，中国为奥林匹克运动作出更多贡献的条件已经成熟，举办奥运会则是这种贡献的最为集中的体现。让奥运圣火在占世界五分之一人口的中国大地首次点燃，将使顾拜旦毕生为之奋斗的奥林匹克精神得到更广泛的传播，将翻开奥林匹克运动崭新的一页。

2001年6月19日，中国奥运金牌选手为声援北京申办奥运会，共同书写了一封致国际奥委会的信。

他们在信中说：

尊敬的国际奥委会全体委员们：

我们——中国运动员，奥林匹克运动的积极参与者、奥林匹克运动会奖牌获得者——今天聚集在这里，我们愿表明心愿：我们热切盼望2008年夏季奥林匹克运动会在北京举行。

我们深深相信：北京完全有能力举办一届杰出的奥运会，为中国和国际体育留下独一无二的遗产。我们也愿同各国和各地区的运动员们说句心里话：北京奥运会，将为你们创造佳绩提供最好的比赛和生活条件。我们谨此向你们——奥林匹克运动的英雄们致意，并期待7年后在北京共同庆祝那个伟大的节日。

我们热切盼望2008年夏季奥林匹克运动会在北京举行是基于：中国是拥有13亿人口的大国，在这个占世界人口五分之一的最大国家从来没有举办过奥运会，中国人民一直执著追求着伟大的奥林匹克运动；中国有着悠久的历史和灿烂的文化，社会稳定，经济发展迅速，在中国举办奥运会将进一步促进东西方文化的融合；中国有着广阔的市场，在中国举办奥运会将有助于促进中国经济的发展，同时也为国际企业带来商机；中国的体育事业有了巨大的发展，作为世界体育大国，我们应该也有责任在新世纪为奥林匹克运动作出新贡献。

再过4天，我们将迎来又一个国际奥林匹克日，全世界的人们都在表达他们对这项伟大运动的巨大热情，北京将用世界三大歌王在紫禁城放歌的方式表达这种深沉的热爱……

你们知道，奥林匹克的种子已经播撒在中国这块古老的东方土地上，现在，这颗种子已经发芽，并显示出勃勃生机。你们愿意它长成一棵大树吗？现在，这是一个重要的时刻。

感谢你们的选择。

2001年6月19日

可以说，在申办奥运会的过程中，每个人都在运用自己的力量来表达对申办奥运会的渴盼与期望。

全国人民期盼奥运

2001年3月31日，北京奥申委收到了2008箱喜马拉雅矿泉水，这是第一笔来自少数民族地区的捐赠。

2008箱喜马拉雅矿泉水代表西藏人民对北京申办奥运会的深深祝福与期盼。

对此，北京奥申委常务副主席刘敬民说：

> 有着独特自然人文景观和古老文明的西藏地区支持北京申奥，不仅给予我们激励与鼓舞，也使北京"人文奥运"的内涵更加丰富。现在距离国际奥委会莫斯科全会投票还有短短100多天，工作紧张、任务艰巨，我们决心在党中央、国务院的领导下，在全国各族人民的大力支持与帮助下，争取申奥的最后成功。

不仅西藏人民对奥运会有着深切的期盼，北京人民也同样期盼着奥运会的到来，他们也以实际行动来表明深切盼望的心情。

早在1999年3月3日下午，一位北京市民就开始进行申奥行动了。

5岁的北京小朋友王祥羽在家长的带领下来到经济日

报社,将自己过年的208元压岁钱捐助给北京申奥组织。当时北京奥申委尚未成立,这应该是北京申奥得到的第一笔捐款。

在北京奥申委成立后,人们更是积极投入申奥行动中去。

2001年4月14日上午,北京晴空万里,春风习习,首都各界500多人在昌平东小口镇的北京奥林匹克公园绿化区挥锹培土,提桶浇水,种下2008棵银杏树。

他们在为申办奥运营造"申奥林",以实际行动支持北京申办奥运会。

4月14日,是北京申奥倒计时90天。"关注森林"组委会、首都绿化委员会在北京联合开展"关注森林——营造申奥林"大型植树公益活动。

全国政协副主席、"关注森林"组委会主任赵南起等为"申奥林"纪念碑揭碑。

全国政协、全国绿化委员会、国家林业局、共青团中央、北京市政府等单位领导,武警森林部队官兵,以及新闻界、文化界、体育界、企业界和中小学生的代表参加了植树活动,并在"关注森林——支持申奥"横幅上签名。

全国政协人口资源环境委员会主任陈邦柱说:

> 2001年是全民义务植树运动20周年,是"关注森林"组委会确定的"中国森林年",也

是北京申办2008年奥运会的冲刺之年。

这次"申奥林"植树活动，表明社会各界对北京申办2008年奥运会的支持。同时，把绿化美化首都、改善首都生态环境与支持北京申奥紧密联系起来，以增强全民的申奥意识和生态意识。

对此，北京市副市长张茅说：

> 北京2008年奥运会申办委员会提出的"绿色奥运、人文奥运、科技奥运"的申办主题，不仅是一种承诺，而且是一种行动。

国家林业局副局长李育才说：

> 中国政府和人民有信心、有能力使北京的山更绿、水更清、天更蓝，绿色奥运、人文奥运、科技奥运必将在北京实现。

国家林业局宣传办公室、中国绿化基金会办公室、首都绿化委员会办公室、经济参考报社承办的"关注森林——营造申奥林"这一活动，得到了北京各界人士与单位的支持。他们为申办奥运会贡献了自己的力量，期盼奥运会早日来到中国。

2001年5月4日，五四青年节，北京的大学生举行了世纪长虹大型申奥活动。活动时间从5月4日延续到7月15日。

在此期间，大学生们修复了八达岭长城石峡关段，将之命名为"申奥纪念段"。

6月10日，是毛泽东主席题词"发展体育运动，增强人民体质"发表纪念日。这天，来自北京市40所小学的2008名少年儿童将有组织地进行一次别开生面的跳绳活动。

小学生说："申奥有我一个！"

2008名少年儿童一起参加跳绳活动，创造了一项吉尼斯世界纪录。参加活动的孩子们在横幅上印上自己的小手印，表达了中国少年儿童对北京申奥成功企盼的心情。

北京一位出租车司机孟景山师傅，则用他自己的方式，表达着对奥运会申办的支持。

他说："不管每天拉活儿多累，我肯定要抽出一个小时学英语。"他要为北京申奥加把劲儿，他的目标是学好100句英语，盼着有一天能把外国客人拉到北京奥运村去看看。

像孟景山一样，正有越来越多的北京人捧起了英语课本加入到学习英语的活动中来。北京人民心向奥运的热情越来越高涨了。

工人师傅说："长安街是首都的门面，为了申奥，我们不仅要在岗位上尽职尽责，还要开动脑筋在技术上下工夫。"

长安街街道办事处的工人师傅们发明了一种新型垃圾清扫车：蓄电池做动力，行驶中无噪声，车头前设置一个喷头，清扫时可以压尘。这辆带有申奥标志的清扫车在南北长街、府右街、西单北大街等街道"服役"，每天清扫垃圾10余吨。

在北京、在祖国各地的街头巷尾，出现了越来越多的色彩斑斓的健身器械，不论清晨或傍晚，都有许多人前来锻炼身体，全民健身工程在全国已全面开花。

可以说，申奥不仅是北京人民的大事，也是全国人民心中的大事。为支持北京申奥，全国人民都在力所能及地作着自己的努力。

6月16日下午，贵州省"我画贵州真山水，我助北京办奥运"活动在全省9个地、州、市同时进行。由2008名贵州各界各族群众绘制的总长2008米的画卷完成后，将赠送给北京奥申委，表达3500万贵州人民对北京申奥成功企盼的心情。

天津市200多名婴幼儿代表在天津乐园参加了世纪宝宝支持北京申奥的活动。活动的主题是"当我8岁的时候——支持北京2008年奥运会"。参加活动的大多是在两岁以下的世纪宝宝，共有2008人。

此外，曾经于1993年为声援北京申奥而徒步从延吉到北京的金先生，在北京为申办2008年奥运会进入最后冲刺阶段的时候，再次踏上征程，准备创造徒步2008公里的吉尼斯纪录。

人们要用自己的行动向世界传达一条信息：

北京是一座运动的城市。而且，这座运动的城市是由我国的运动员们带动而起的。

2001年6月19日，中外近40名奥运会金牌运动员在北京郡王府欢聚一堂，庆祝国际奥林匹克日。

北京奥申委主席、北京市市长刘淇宣布：

北京拟将郡王府开辟为奥运选手俱乐部，使全世界曾参加过奥运会的运动员能在此重新欢聚，共享2008年奥运会的盛况，感受北京这座千年古都的文化魅力和现代风采。

紧接着，6月23日，一场经典的音乐盛会于奥林匹克日之夜，在闻名世界的北京紫禁城午门广场举行。

世界三大男高音帕瓦罗蒂、多明戈和卡雷拉斯以他们圆润高亢的声音和充沛的感情，联袂演唱了近30首优美动听的歌剧选段和歌曲。他们那洪亮且具有穿透力的歌声，赢得了现场3万名观众的热烈掌声。

音乐会的成功举办，也充分表现出北京对大型活动的组织能力，以及北京人民对于申奥成功的热切期盼。

关于人民对奥运会的渴盼与期望，早在 1991 年就已经悄然出现了。

当时，有一项命名为"奔向 2000——两万公里公路越野、拉力、计程赛"的自行车比赛，与其他比赛不同，参赛者每年只有一个队，赛程定为 2 万公里，这一赛就是 9 年，他们的对手不是别人，而是自己。

带领他们比赛的是一位名叫冷传煜的老人。冷传煜当时已经 50 多岁了，那项他自己发起的比赛只有他一个人每年都坚持了下来，全程 2.5197 万公里，用时 2069 小时 42 分 5 秒。他的车轮印留在漠河、留在雪山、留在台湾海峡的这一边……

随后，经过 2000 年的一年休整，冷传煜又把挑战的地点选择在塔克拉玛干的千里大漠上，从大漠北端的轮台到大漠南端的民丰，全程 574 公里。

冷传煜说，从 1991 年组建车队起，他就想用这样的特殊方式为北京申奥作些贡献，希望在自己完成两万公里的目标后和北京一起迎接 2000 年的奥运盛会，但 1993 年回到北京后，听到的却是那不幸的消息。

虽然如此，冷传煜仍坚持完成他的诺言，一直骑到 2000 年。老冷说，自己其实挺自私，干了大半辈子的铁道工作，却总与名山大川匆匆地擦肩而过。在梦里，他想过敦煌、想过拉萨……

这 10 年里，他骑着车转了大半个中国，自己的遗憾也算差不多都找了回来，但 10 年了，唯独还有申奥一梦未圆。

2001年，他想要继续为北京申办2008年奥运会早日成功出一点力气。于是，他选择了穿越塔克拉玛干。

冷传煜说："这次就是要把这个消息带给处在边缘与角落的人们，让每一个人都为北京祝福，喊一声加油！"

为了这次穿越，冷传煜用了一年的时间在塔克拉玛干周边考察，那里的天气变化、温差大小他都做到了心中有数。

他说："我喜欢探险，但绝不冒险，选择了就一定要成功。"

可以说，这次穿越大漠绝非易事，如果起大风沙，以前的自然路面就将被埋进沙里，自行车也将变为累赘。其中有一段路是200公里的无人区，对于他来说无疑将是一个巨大的挑战！

但是，他为了心中的梦想与期盼，为了奥运早日来到中国大地上，依然满心希冀地踏上了征途。

港澳台同胞助力申奥

2001年6月16日8时35分,由中华全国体育总会联络部和中国台北田径协会共同主办的"北京奥运·炎黄之光——海峡两岸长跑"活动,在中国台北的孙中山纪念堂前广场准时举行。

以弘扬奥林匹克精神,支持北京申奥为目的的这次海峡两岸长跑活动共有9站,台北是第一站,先后经高雄、深圳、宁波、杭州、上海、无锡、南京、青岛,于29日抵达北京。

这次长跑活动是由"东方羚羊"、世界著名女子短跑运动员纪政牵头发起的为声援和支持北京申办2008年奥运会而展开的一场"北京奥运·炎黄之光——海峡两岸长跑"活动。

早在6月11日,在北京举行的新闻发布会上,纪政就表示:

> 我之所以发起这次活动,是因为北京获得2008年奥运会主办权不仅是北京人民的愿望,也是海峡两岸同胞和全球华人的共同心愿。

这一活动将于2001年6月14日至30日展开。海峡两岸的一些著名运动员将参加本次长跑活动。来自大陆的有前体操名将李小双、李大双和前乒乓球运动员吕林、乔红等。

另外，为中国人夺得首枚奥运奖牌的"亚洲铁人"杨传广在身患肝癌的情况下，仍表示愿意带病参加全程的长跑活动。

在长跑所到之处，还将举行支持北京申办奥运会的签名活动，并组织千人以上的陪跑队伍及各种支持北京申奥的群众体育活动和表演。

此外，据北京奥申委副主席、北京市副市长刘敬民介绍，北京在申奥之初征集会徽和口号之时，就得到了台湾民众的积极响应。

北京奥申委还不断收到来自台湾的支持北京申奥的信件，台湾人民还自发地来到北京奥申委，表达他们企盼奥运会在中国举办的心愿。

据《联合早报》报道，台湾政界、体育界的许多官员也纷纷表示，他们渴望着北京申办2008年夏季奥运会成功。

香港人民也在为申办奥运会贡献着自己的力量。

2008年奥运将是最接近香港的一次奥运会，不仅是地理距离上的接近，感情上也是如此。

这份感情，是从参与之中培养出来的：香港的设计师靳埭强、陈幼坚、刘小康请缨为申办奥运设计会徽海报；成龙应邀在宣传片上亮相；环保专家廖秀冬博士成为申办委员会的环保顾问；中国香港奥委会会长霍震霆也是四处奔走，协助北京申办奥运会……

香港教育工作者曾经有一项调查，结果显示，逾九成的香港师生支持北京申办2008年奥运会。

同样，澳门也为北京能够申办奥运会积极地贡献着自己的力量。

来自澳门工会联合总会青年委员会、澳门中华教育会青年委员会、公务专业人员协会、濠江中学等近千名青年人及中小学生代表，以龙狮舞、南拳、葡国土风舞、空手道、步操乐队表演、摩托车巡游等多种表演活动和签名，表达澳门各界青年庆祝澳门回归祖国的喜悦心情及全力支持北京申办2008年奥运会的愿望。

海外游子声援申奥

2001年6月23日上午,在雄伟的居庸关,美国西部华人祝北京申奥成功的"奥运龙——大地艺术作品展示"活动隆重开幕。

一条6000米长的"奥运龙"蜿蜒在居庸关两侧的长城之上。

"奥运龙"是由旅美艺术家赵建海创作的一幅大地艺术作品,"龙头"是由现代雕塑技术制作完成的仿青铜作品;"龙身"由2008幅以中国民俗风格的剪纸"龙"为主体,奥运五环色为基色的画幅组成;"龙尾"是美国西部数万华人华侨及外国友人签名的布幅。

展示活动结束后,"龙头"将在长城上永久保存,"龙身"运回旧金山的唐人街展览陈列,"龙尾"则赠送博物馆收藏。

在同一天,长达万米的邮票长城签名长卷的精选部分,在奥申委大厅里展示。

为支持北京申奥,新加坡华人林慕菲先生和北京的刘超英先生共同完成这一长卷,并捐赠给了北京奥申委。这一邮票长城签名长卷总共用了超过300万张中国和世界各国的邮票贴成,长卷上聚集了海内外各界300万人的签名,其中有政要、名人、明星、奥运金牌得主和广大群众。签名卷总长度为1万米，用宽40米的复合塑料宣纸作为底卷，分为300卷，在底卷上用新旧邮票贴成长城的图案。

6月28日，全球华人的代表在洛桑向国际奥委会正式递交了"全球华人致国际奥委会的公开信"，以表示他们支持北京申办2008年奥运会的强烈愿望。

6月29日，代表着两万多中国旅美专业人士和其他华人华侨的12个团体，联名致电国际奥委会，表达他们支持北京申办2008年奥运会的心愿。

电报中说：

> 过去10多年来，北京成功举办了各种规模的国际性体育比赛，充分证明它已具备举办任何大型体育比赛的条件。在北京举办奥运会，不但是奥运会历史上的里程碑，而且是促进世界和平与发展、增加世界和中国相互了解与交流的良好机会。

这12个团体是：中国旅美科技协会，美中经贸科技促进总会，北美华人科技协会，国际华人科技工商协会，中国旅美金融协会，耶鲁大学中国学生学者联谊会，全美中国作家联谊会，海外华人计算机协会，北美天津大学校友会，大费城地区华人计算机协会，美国福建促进会，美国南京联谊会。

这些团体表示，北京申办成功，他们当中的许多人将志愿前往北京，提供专业和技术支持，为第二十九届奥运会贡献自己的才智。

7月6日，美国大波士顿地区的40多个华人华侨社团，携手发起了"声援北京申奥——波士顿万人签名"活动。

随后，他们的代表带着波士顿地区数万华侨华人的签名飞到北京，将精装成册的1000页万人签名原件，亲手交给了北京奥申委。

其实，从4月初开始，"声援北京申奥——波士顿万人签名"活动组委会就向波士顿地区的华人朋友发出了征集万人签名的倡议书。

在倡议书发出后，很快就得到了来自大陆、香港、澳门和台湾的广大华人华侨的热烈响应。签名活动开展后，各个社团便利用多种方式征集签名。

"牛顿中文学校"和"剑桥中文学校"利用学生和家长众多、每周周日都要在校内逗留较长时间的特殊条件，设立申奥宣传栏和签名桌。

哈佛大学、麻省理工学院、东北大学、波士顿大学等校的华人学生组织在舞会、放电影等场合开展签名活动，支援北京申奥。

波士顿北美体育交流协会也广泛动员会员参加签名活动。

"声援北京申奥——波士顿万人签名"活动在波士顿

持续了两个多月，收集了近万个签名。

参加此项活动的人士普遍认为，这些签名所代表的是数倍于这个数字的波士顿华人华侨对北京申奥成功的殷殷期盼。

此外，旅美著名作曲家、指挥家谭盾也在为北京申奥贡献着自己的力量。

谭盾出生于湖南长沙，1978年考入中央音乐学院作曲系，1986年赴美留学，获音乐艺术博士学位。

他曾因歌剧《马可·波罗》而荣获世界最有威望的格威文美尔作曲大奖。2001年，他更是以《卧虎藏龙》获奥斯卡最佳原创音乐金像奖。

谭盾早在2001年6月就透露，他将为北京奥申委莫斯科申奥"决赛"宣传片创作主题曲。

随后，谭盾与著名导演张艺谋一起，在北京长安俱乐部与首都媒体见面，表达了他支持北京申奥的意愿。

2001年7月12日，2008年国际奥林匹克运动会主办权的归属，已到了最后阶段。

北京能否在第二天于莫斯科召开的国际奥委会会议中脱颖而出，受到全球人民的瞩目。同时，这也是澳洲华人最为关切的事件，他们呼吁国际奥委会公平对待北京。

7月12日，澳洲中华文化促进会发表声明说：

> 北京申办2008年奥运会，以高难度的"绿

色奥运"为主题，全面投入人力、财力与科技动员，要把北京建设成一个"环保城市"，将主办奥运会当做一种自我完善的动力，而不只是办一次大型的国际体育竞技活动。它力求向国际社会"自我证明"，希望借此获得国际社会的接受与肯定。

申奥有助于提升形象，证明自己的能力，有利于招商与吸引外资，更可借申奥让整个国家在21世纪的第一个10年，汇集国家与国民的能量。申奥即是这样的一面旗帜、一个标杆，鼓舞着国家前进。

因此，凡吾华人同胞，均殷切期望与深信，随着北京申奥的成功，不但北京，而且整个中国，在未来的7年～10年内将会是民心与经济都往上升的新时期。

由此可见海外华人华侨对祖国申奥成功的期盼之情。他们都渴望奥运会这样的体育盛事能在祖国大地上顺利举行。

三、申奥成功

- 北京时间2001年7月7日，我国代表团乘飞机离开北京，前往莫斯科参加国际奥委会第一一二次全会。

- 国际奥委会主席萨马兰奇微笑着走上讲台，然后打开信封，在感谢了所有候选城市后，平稳地宣布：2008年第二十九届奥运会举办权授予：北京！

- 在使馆富丽堂皇的大宴会厅内，武韬大使举行了隆重的庆祝北京申奥成功招待会。

参加国际奥委会全会

北京时间2001年7月7日,我国代表团乘飞机离开北京,前往莫斯科参加国际奥委会第一一二次全会。

这次出行,由于人员多,所以不仅组团难度大,行程安排也非常复杂。仅去程包括部分记者和声援团的人员就达279人,分8批前往。

第一批先遣人员由负责后勤的吴战鹰和负责技术的徐睿两人组成,于6月25日出发赴莫斯科。

第二批先遣人员共6人,于6月28日出发。由办公室两位副主任曲志东和雷军带队,成员有肖红、林恒等4人。

第三批先遣人员于7月2日出发,由李敦厚副秘书长和郭坦、张明、温文副部长带队,共11人组成。

第四批于7月5日出发,有代表团的蒋效愚副主席、蔡赴朝副秘书长和袁斌副部长3人,还有工作团的吕实珉副局长、侯欣逸副部长等21人。

7月7日前往莫斯科的一行人多达136人,其中代表团39人。除了李岚清副总理及其随行人员将在晚些时候离京外,北京奥申委代表团主要领导和所有陈述人员等均在此行队伍之中。

这次,仅宣传部托运的宣传品就有120个纸箱子,而且许多装的是书刊，沉甸甸的。国航柜台工作人员知道这是奥申委的宣传品后，戏称这是"申奥的武器和弹药"，优先放行。

中共中央政治局委员、北京市委书记贾庆林同志也代表中央领导前来机场送行，并讲了话，然后祝大家旅途顺利。

登机前贾庆林书记等主要领导与即将赴莫斯科的代表团领导在休息室门口台阶上合了影。这时大家的脸上都洋溢着喜悦与自信。

7月7日17时40分，国航907次航班起飞后一路西向，经过近8小时飞行，于当地时间晚上20时30分抵达莫斯科。由于莫斯科比北京更靠北，又处盛夏，天还亮着。

7月8日，在我国大使馆的会议室，代表团领导与武韬大使等使馆主要领导召开了联席会议。

蔡赴朝向会议报告了主要安排。为了解决俄语翻译问题，使馆已派来18名留学生。为了解决通信联系问题，先遣组已为代表团和工作团部分人员配置了100多个当地手机卡，并由中国电信解决了在当地拨8位数可与国内联络的技术问题。为解决交通问题，除了使馆为主要领导配备的专用车外，代表团还租用了22辆车。

在这次联席会议上，刘淇提出宣传工作要得体，坚持低调，不犯错误，并归纳说："多说不如少说，少说就是多做。"

他提醒大家"7·13"投票后的第二天，7月14日将是法国国庆节，欧洲议会和意大利奥委会等支持巴黎的力量在增长。

何振梁介绍了一些委员认为大局已定、非北京莫属的判断，其中包括萨马兰奇主席。

他说："有些委员认为北京第一轮就会胜出的估计过于乐观，我们是在朝这个方向努力，但可能性较大的是，我们第一轮可能获42到48票，第二轮55票左右。前提是我们的铁票不动摇。"

设在世贸中心二层国际奥委会第一一二次全会会议大厅门口的5个候选城市的展台，是各个奥申委的重要展示窗口。

在展台中间，架起了当时十分超前的超薄彩色大屏幕，边上配以两个小屏幕。3个彩屏同时播放不同内容画面，介绍中国和北京。

展台上还摆放了数量充足、色彩鲜艳的小纪念品和设计新颖的宣传品。

展台不仅高科技硬件数第一，而且人气也最旺，吸引了不少委员和工作人员。

但有人提出展台两名接待人员的服装不够靓丽，于是，相关领导立即责成工作人员去华人商店购置两件中式旗袍。

第二天，两位年轻姑娘穿上虽然不完全合身但很好看的大红旗袍一亮相，就受到所有人的赞美。加上董梅和李江萍不仅人长得漂亮，更能讲一口漂亮的英语，一时间，她们成了委员和访客要求合影的"模特"。

10日，我国的一大批奥运会金牌选手和世界名将刘璇、郎平、黄志红、王楠、王治郅、边建欣和申奥大使等乘中共中央政治局常委李岚清副总理的专机一齐抵达莫斯科。

他们放下行李就赶到世贸中心熟悉场地，并分批轮流到展台值班。他们的出现首先引起了中国媒体的报道，给展台增色不少。

向——二次全会陈述，是各代表团的核心工作之一，也是北京奥申委的重头戏。

根据国际奥委会的统一安排，7月11日9时至13时，是北京奥申委的陈述演练时段。

为了利用好这最后的机会，奥运会申办委员会秘书长王伟请来代表团除名誉团长之外的所有成员参加演练，请大家提意见。王伟明白，在这么重要的活动中，任何细节都可能丢分，他追求尽善尽美。

10日中午，李岚清副总理及其代表团抵达莫斯科。他一经安顿下来马上在使馆召开了工作会议，与武韬大使、北京奥申委主要领导和几个不同方面的负责人在一起研究了工作。

刘淇团长向李岚清汇报了整体情况和基本形势。

委员情况还是由何振梁介绍，他介绍了国际奥委会15个执委均已表示支持北京，并认为如北京这次再申办不成倒成了最大的新闻。

何振梁说:"不管怎么讲,只要我们不犯大错,北京领先的定局已难以改变。"他说一个委员给他举了一个例子:"这次申办好像一场足球赛,一个队已经2比0领先。已临近终场,失利的队想拼命反击赢回局面,结果可能是后防空虚,再输一两个球。"

听了这个故事,全场人员都哈哈大笑。

李岚清提出,最后阶段更要谨慎,严防出错,要把这种好形势保持到"7·13"。

11日,是国际奥委会委员抵达俄罗斯的高峰期。国家体育总局副局长于再清拿着北京奥申委的申办纪念封,请每个委员在上面签名,准备征集全部122名委员的签字后,将纪念封送给中国体育博物馆。

这是一件非常有意义的事,既为中国体育博物馆征集了十分珍贵的展品,也扎扎实实地联络了与委员们之间的感情。

邓亚萍是陈述人,也是北京申奥大使,还是国际奥运会运动员委员会的委员。对于争取运动员委员方面的工作,她作出了巨大贡献。

相关领导张清告诉她:"今天不要太委屈自己,现在你的工作重点是陈述,要注意休息好。"

她说:"你放心,我们运动员都会及时调整自己。"

7月12日,中国代表团召开新闻发布会。发布会前,刘淇团长要求代表团成员"头脑要清醒,言谈举止要不骄不躁，严格把握不犯错误"。

国家体育总局党组书记、副局长李志坚则明示："表达要简明，越简明越有效。"

我团参加新闻发布会的是屠铭德、王伟、楼大鹏、邓亚萍和环保专家廖秀冬。他们回答记者提出的问题时谈笑风生，应对从容，为北京申奥赢了分、添了彩。

7月12日19时，在著名的莫斯科大剧院，国际奥委会和俄罗斯奥委会为第二天召开的国际奥委会第一一二次全会举行开幕式。

国际奥委会批准每个申办城市只能派20名代表参加开幕式。

李岚清和他的4名随员，由刘淇和王伟同志陪同坐到了大剧院较好的位置上。

莫斯科大剧院由六层包厢和主大厅池座构成，其中第二层中间包厢是沙皇时代为沙皇预留的。第二、三层靠近舞台的4个包厢和沙皇包厢均称为王室包厢，装饰也格外华丽。

俄罗斯总统普京先生到场，他依然神采奕奕。俄罗斯奥委会主席斯米尔诺夫首先讲话，然后是普京总统和萨马兰奇主席分别致辞。3个人的讲话用了40分钟。

萨马兰奇的告别致辞得到了全场长时间热烈的鼓掌。再过4天，7月16日，即他81岁生日的前一天，他将让出国际奥委会主席的位置。在奥运历史上，他是仅次于奥林匹克之父顾拜旦担任国际奥委会主席时间最长的人。

他自豪地说："这 21 年国际奥林匹克运动的发展，是我给后人留下的遗产。"

20 时，俄罗斯民族最优秀的芭蕾舞表演开始了。在古典的剧场，俄罗斯芭蕾舞精英们演出了经典芭蕾《吉赛尔》第二、三幕。演出赏心悦目，出场的全部是俄罗斯顶尖演员，他们一出场就受到热烈的欢迎和喝彩。

幕间休息时，由张清做翻译，陪同李岚清在咖啡厅约见了非洲奥协主席迪亚罗。

李岚清说："中国人民感谢非洲人民多年来在国际事务中对中国的支持，并相信在国际奥林匹克运动中我们与非洲朋友也是相互支持的。"

迪亚罗主席则表示："能认识副总理阁下是我的荣幸。非洲人民特别是我个人对中国人民怀有深厚的敬意。我们知道应如何表达我们的感情。请副总理阁下放心。"

随后，他与李岚清又聊了些其他话题。后来，工作人员过来说，普京总统请李副总理上楼到总统包厢与他见面。

22 时，全会开幕晚会结束，返回世贸中心后，按惯例，中国代表团参加了国际奥委会的大型招待会。

这是决战前夜，许多人因为过于紧张难以进入梦乡，人们期盼着明天的表决结果。

中国代表团申奥陈述

北京时间2001年7月13日，国际奥委会第一一二次全会在莫斯科召开。国际奥委会抽签决定候选城市进行陈述的顺序：

09：30—10：30 大阪
10：30—10：45 休息
10：45—11：45 巴黎
11：45—12：45 多伦多
12：45—15：00 午餐
15：00—16：00 北京

在讲台上进行决战之后，由委员们进行最后表决，选出2008年奥运会举办地。

会议陈述大厅在二层，电影厅在一层，两个大厅上下在同一纵面上，外面有宽敞的楼梯相连。大厅可容纳四五百人，正前方是放影视的大屏幕，楼上全会的影像均在这个大屏幕上播放。

电影厅的座席也是按抽签顺序排列，北京奥申委座席在大阪、巴黎和多伦多之后。

大会会场的大厅正面是主屏幕，两侧是第一一二次全会的标志。正面左右两侧有另外两块大屏幕。在主席台正面中间一字排开的是国际奥委会执委会座席。大屏幕的右侧是国际奥委会评估委员会座席，左侧是申办城市陈述代表席，有15个席位。

在执委会和申办城市陈述代表团之间设有一个带有奥运五环标志的讲台，代表们将在这个讲台上进行陈述。

北京，中华人民共和国的首都，再次带着信心和骄傲站到了世界舞台的最前沿，展示自己的成长和魅力，接受巴黎、多伦多、大阪和伊斯坦布尔强有力的挑战。

15时整，北京代表团在多伦多之后，第四个庄重地步上了会议厅主席台，进行申奥陈述。

会场很安静，代表团每个成员的眼中都流露着自信！

按照陈述顺序，中共中央政治局常委、国务院副总理李岚清首先代表中国政府作陈述。紧接着中国奥委会主席袁伟民、北京市市长刘淇依次出场。作为北京申奥形象大使的杨澜和邓亚萍也分别进行陈述，其中杨澜主要讲述中国文化部分。

首先，中国奥委会名誉主席何振梁发言：

主席先生，亲爱的同事：

今天我谨代表我的祖国和对这次会议充满希望的13亿中国人民，荣幸地向各位介绍第二次北京申办奥运会的情况。自第一次申办2000年奥运会以后，8年已经过去了。在此期间，我们国家在社会发展方面取得了巨大的进展。正如评估团所评价的，北京有能力举办一届出色的奥运会，北京的奥运会将为中国和世界体育留下一份独特的遗产。

在何振梁做开场白后，他首先请中共中央政治局常委、国务院副总理李岚清代表中国政府致辞。

李岚清说：

先生们，女士们：

我代表中国政府再次确认，中国政府坚定支持北京申请举办2008年国际奥运会的立场，中国政府尊重并赞赏国际奥运会评估团所作的评估报告。

我们据此已制订了在北京举办一次出色的奥运会规划，中国政府将信守在北京陈述报告中所作的所有承诺，并将尽一切努力帮助北京实现其承诺。中国拥护奥林匹克精神，是奥委会各项号召和活动的重要支持者，在过去的半个世纪里，由于开展了全民健身运动及其他方面的因素，我国人民的健康水平有了很大提高，人民的平均预期寿命已从35岁增加到70岁，我们的运动员在国际奥委会举办的重大比赛中都有出色的表现。为了传播奥林匹克精神，中国同时也帮助其他发展中国家，完善其体育设施。例如我们已经帮助他们建设了36座体育场馆，我们今后还将继续这样做。

女士们、先生们，我愿意利用这个机会承诺，如果申办成功，会以奥委会的名义，来促进奥林匹克友谊和合作，来帮助世界范围内的体育发展，来帮助发展中国家的体育事业。如果发生赤字，将由中国政府承担。在过去20年改革开放的过程中，中国已经成为世界上经济增长最快的国家之一，我们将继续保持政治稳定、社会进步和经济繁荣，在北京举办奥运会不仅有利于中国人民，也有利于传播奥林匹克精神，为世界的和平、友谊、稳定和发展作出贡献。

中国是目前世界上经济发展最快的国家之一，而且现在中国社会稳定，经济发展迅速。全世界很多人都有这样一个梦想，他们希望有朝一日能来到中国并访问北京，我的同胞也有在中国举办一次出色奥运会的强烈渴望，并将其看作是对奥林匹克运动及其历史的一个重大贡献。

我衷心地希望尊敬的奥委会委员们能帮助他们实现这一长期期待的愿望。我国先圣孔子说过，"有朋自远方来，不亦说乎"，2008年如

能在北京举办奥运会，将是我们最喜悦的事。我相信，届时你们将会在北京看到一次伟大的奥运会。

　　谢谢！

李岚清一口流利的英文致辞，使得在座人员赞叹不已。其实，这次的陈述稿是由李岚清副总理亲自起草的，并进行过多次修改。而且，他还利用在途中飞机上和在我驻俄使馆的一些空闲时间，主动热情地邀请周围同志当听众，进行陈述练习。可见，我国对于申办奥运会是多么重视。

接下来发言的是北京奥申委主席、北京市市长刘淇，他也用英文陈述道：

主席先生，尊敬的国际奥委会委员：

　　我们的口号是新北京，新奥运，表达了我们在新世纪里，由一个既有古老文化传统，又具有现代化魅力的国家来举办这届奥运会的愿望。我们申办的三个主题是绿色奥运、科技奥运和人文奥运，我们的目标是在我们的人民，尤其是4亿年轻人中传播奥林匹克理想。

　　1998年，我们通过了一个12.2亿美元的预算，用于改善环境，我们的专门教育活动成功地提高了市民对环境的保护意识，我们将在所有的奥运工程中采用所有最可靠的技术。95%以上的人民支持申办，因为他们相信，举办2008年奥运会，将有助于提高他们的生活质量，60万以上的志愿者随时准备投入奥运会的所有工作中，我们的市民，无论老幼，正积极学习外语。我过去是学俄语的，现在正在和市民一起学英语。

接下来，播放了格林斯潘导演的一部反映中国和北京风貌巨大变化的短片。

宣传片首先展示了1984年中国体育代表团参加洛杉矶奥运会的场景。

1984年，中国派出体育代表团参加奥运会，一共有200多个成员，对中国来说这是一个具有划时代意义的时刻。在这场奥运会上，中国获得了15枚金牌。当初人们已经预料到中国运动员是世界水平的，他们的运动成绩是辉煌的。

对中国来说，现在又是一个新的起跑线了，在2008年来北京举办奥运会。北京是中国的首都，1200万人口，非常繁荣，在北京可以看到古代的和现代的大量建筑物。

1999年9月6日，国际奥运会就正式宣布北京成为申奥城市之一，那么占世界人口将近五分之一的国家，具有56个民族的国家，具有5000年历史的国家，应该得到这个荣幸，可以举办奥林匹克运动会。

北京有96%的人口全力支持这次奥运会的申办，他们希望全世界运动员到北京来。

北京有各种各样的比赛场所，还有文化的中心，但是北京不只是有这些东西，这个国家还有着丰富的自然资源，巨大的国力，漫长的海岸线，辉煌的历史。

下面进行发言的是北京奥申委的执行主席、国家体育总局局长袁伟民。

袁伟民说：

主席，各位委员：

在我40余年体育生涯中，我曾经当过13年的国家运动员，8年国家队教练员，17年的奥林匹克使者。在我40余年的体育生涯中，我亲身感受到了中国人民和国家领导人对于体育运动，对于奥林匹克运动的执著的热爱和支持，对体育精神、奥林匹克精神深刻的理解，我已经记不清有多少次为此而激动过。

今天，我要代表中国奥委会、国家各单项运动协会庄严承诺，如果你们选择北京作为2008年奥运会的举办地，我们将竭尽全力支持、帮助、参与并监督北京奥运会组委会，将2008年奥运会办成奥运史上最好的一次运动会。我们将继续坚决执行国际奥委会反兴奋剂的有关各项决议，捍卫奥林匹克运动的纯洁性。我们将与国际奥委会、各奥委会、国际单项体育组织以及各大赞助商、电视媒体等建立开放的、高效的工作关系，我们将博采众家之长，邀请有经验的专家到北京来帮助我们工作。我坚信，在大家的支持和帮助下，中国一定能将2008年奥运会办成一届伟大的奥运会，谢谢！

接下来是北京奥申委体育主任楼大鹏发言：

女士们，先生们：

下午好！今天我很高兴向您介绍北京的申办工作。53年前伦敦那个炎热的夏季，我只是一个小男孩，有幸目睹了伟大的扎托匹克、乌兰托、索恩斯和其他运动员那些写入奥林匹克历史的比赛，这些塑造了我一生，激励我参与国际奥林匹克运动。作为一名运动员、教练员、工作40余年的体育管理者，尤其是作为技术官员，我最大的体会是，在奥运会中没有什么比比赛更重要，我们整个奥运计划的制订，也是以运动员的需要为出发点。在考虑任何问题时，我们都要问一问自己，无论是奥运会，还是残奥会，如何才能最好地为运动员服务。感谢国际单项体育组织的合作与指导，感谢评估团的建议，我现在可以自豪而谦逊地说，我们现在可以有效地回答这个问题。

我们共为奥运会28项体育项目提供了37个比赛场馆，59个配套训练场地，所有场馆符合国际单项体育组织批准的构思。

"以运动员为中心"的思想在场馆布局上体现为：北京32个体育场馆位于四个主要赛区，奥林匹克公园，西部社区，大学区和北部风景区。这些赛区均与交通干线毗邻，53%的场馆到奥运村的行车时间为10分钟以内，所有场馆均可以在30分钟到达，以给运动员最大的方便。

京外的5个场馆，帆船比赛和足球预赛场地与北京的航空和公路交通也十分方便，从这些比赛场地到其所属奥运分村的车程在5分钟之内，北京已经拨款16.5亿美元专门用于这些场馆的翻新和建设，这些工程均将按照国际要求进行，以确保将来的北京具有技术先进的体育设施网络，所有的这些设施在2006年前完成。

我们计划的点睛之笔是占地1213公顷，临近市中心的奥林匹克公园，北京预留了这片土地，为举办奥运会之用，这是我们全国人民长久的企盼。

奥运村运动员的人均居住面积为22平方

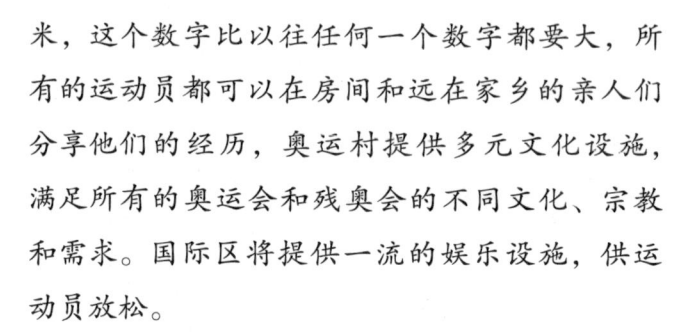

米，这个数字比以往任何一个数字都要大，所有的运动员都可以在房间和远在家乡的亲人们分享他们的经历，奥运村提供多元文化设施，满足所有的奥运会和残奥会的不同文化、宗教和需求。国际区将提供一流的娱乐设施，供运动员放松。

我们肯定，各国奥委会将发现他们在奥运村的办公室和储存设施合理，奥运会和所有代表团无论规模大小，都将得到一致的关怀、服务和支持，讲他们本国语言的联络员还可以协助他们的工作。

在过去的10年，中国举办了50余次世界、洲际锦标赛和综合比赛，包括在座许多人莅临观摩的第11届亚运会、第6届远东及南太平洋残疾人运动会，还有即将举办的第21届大学生运动会。通过举办这些赛事，我们在组织大型赛事方面获得了宝贵的经验。在未来7年，我们将与国际奥委会、国际单项体育组织和各个国家奥委会建立紧密的关系，寻求在座各位和奥运会专家的指导，我们保证在2008年的新北京举办一届伟大的奥运，以回报您对我们的支持。

随后，王伟发言：

主席先生，尊敬的委员先生们：

我看到许多奥申委员会的委员同意楼大鹏先生的讲话，北京确实筹划了奥运会的宏伟蓝图。

首先北京交通状况正在发生很大的变化，北京拥有发达的交通网络，5个环路和众多的公路干线彼此相连，另外，100公里的快速路、109公里的地铁将于2005年竣工，磁悬浮铁路将把全新的机场和市中心连接起来。如果我们申办成功，所有的比赛场馆全部有公交线路连接，值得一提的是，我们将为奥林匹克大家庭、媒体和住宿人员提供2000辆公交车、4000辆小轿车以及按需提供小公共汽车。每辆小轿车配有英语的当地司机，以为其服务。

中国以迅猛的速度适应和开发新技术。目前，中国在高科技产业方面的投资超过1570亿美元，根据对包括北京在内的中国九大城市的调查，10至12岁的孩子当中，73%的孩子使用计算机，中国的移动电话用户目前仅次于美国，居世界第二位，而就移动用户的增长速度来讲，居世界第一，北京的2008年奥运会，将是一届技术水平最高的奥运会。

北京拥有设施良好的住宿条件，到2008

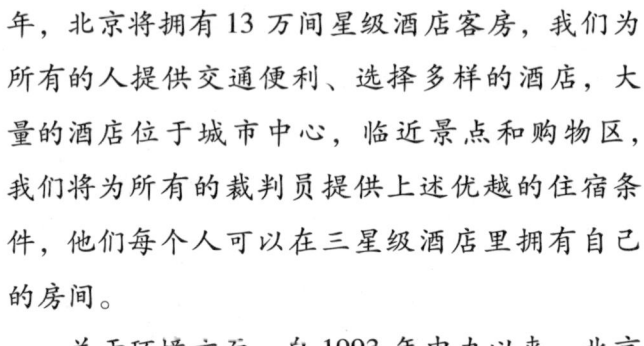

年，北京将拥有13万间星级酒店客房，我们为所有的人提供交通便利、选择多样的酒店，大量的酒店位于城市中心，临近景点和购物区，我们将为所有的裁判员提供上述优越的住宿条件，他们每个人可以在三星级酒店里拥有自己的房间。

关于环境方面，自1993年申办以来，北京作出了巨大的努力。为了改善工业化和经济增长带来的污染，北京采取了许多措施，尽管我们还需要不断努力，但是我们在包括改善空气质量等方面取得了实质性的进展。北京申办关于改善环境方面的思想，得到了社会公众和政府还有商界的一致支持。明年年底，3年植树计划将全部完成，一万公顷绿色隔离带将环绕北京，因此，2008年的奥运会将留下一笔巨大的环保遗产，建立起发展中城市环境保护的新规范、新标准，从而加速有益于环境的新系统和新产品的开展。

总之，我们所付出的努力和成果向世界表明，中国有能力，有强烈的愿望，并承诺举办一届出色的奥运会。你们选择北京，将使中国成为世界体育的合作伙伴。我们热切盼望着那一天的到来，到那时我们将骄傲地对世界说，欢迎您到北京来，谢谢！

随后，运动员代表、著名乒乓球运动员邓亚萍发言：

亲爱的主席先生，国际奥委会的委员：

　　我们知道奥运会已经在世界20多个城市举办，中国运动员受到许多奥运会举办城市的欢迎和友好接待。我本人曾在巴塞罗那和亚特兰大亲身经历过这种友好的欢迎。我们梦想着有一天能够在北京举办奥运会，给中国运动员一个机会，热烈地欢迎和友好接待来自世界各地的朋友们。

　　让我与您分享我在悉尼奥运火炬接力时的一段经历，我注意到一个小男孩向我走来，他触摸到火炬时，眼睛一下就亮了，我能感觉到，在那个时候，他的一生发生了变化。如果奥运圣火能够来到中国，在4亿年轻人心中点燃，那该有多好啊！

　　北京将成为运动员理想的比赛场地，运动员将有条件优越的比赛场馆、运动员村以及一个崭新的和独特的文化经历，尤其是运动员无法想象的观众支持着运动员。为了表现我们对运动员的崇敬，我们的市长已经选择一个特殊的和历史悠久的郡王府作为历届奥运会运动员庆祝奥运的场所，在那里他们将获得英雄般的欢迎。

在邓亚萍的发言中,关于她在悉尼奥运会火炬接力时与一个小男孩的对话让在场的委员们感到新颖和激动。

然后,杨澜开始发言:

主席先生,女士们,先生们:

下午好!在向各位介绍我们的文化安排之前,我想先告诉大家,你们2008年将在北京度过愉快的时光!

我相信在座的许多人都曾为李安的奥斯卡获奖影片《卧虎藏龙》所吸引,这仅仅是我们文化的一小部分,还有众多的文化宝藏等待着你们去挖掘。北京是一座充满活力的现代都市,3000年的历史文化与都市的繁荣相互交织,除了紫禁城、天坛和万里长城这几个标志性的建筑,北京拥有无数的戏院、博物馆,各种各样的餐厅和歌舞场所,这一切的一切都会令您感到亲切和高兴。

除此之外,北京城还有千千万万友善的人民,热爱与世界各地人民相处,无论是过去还是现在,北京历来是各个民族和各种文化的汇集地,北京人民相信,在北京举办2008年奥运会,将推动我们文化和全世界文化的交流,他们将向

您和您所领导的奥林匹克运动表达他们对奥运会的感激之情。在我们的文化计划当中，教育和交流将是我们的首要重点，我们期待在全国尤其是数百万青少年中，留下一笔精神财富。

从2005年到2008年我们每年将定期举办文化活动，我们将开展多元文化活动，如由全世界青少年和表演家参加的音乐会、展览、艺术比赛和野营，这些文化活动同时在奥运村和全市范围内展开，以方便运动员参加。

我们的开闭幕式，将成为展现中国和世界杰出作家、导演、作曲家和戏剧家才能的舞台，讴歌人类的共同理想，我们独特的文化和奥林匹克运动。基于丝绸之路带来的灵感，我们的火炬接力，将经过希腊、埃及、罗马、拜占庭、美索布达米亚、波斯、印度和中国，以共享和平、共享奥运为主题。奥运永恒不熄的火焰，将跨越世界最高峰——珠穆朗玛峰，从而达到一个新的高度。在中国，奥运圣火将通过西藏，穿过长江和黄河，踏上长城，途经香港、澳门、台湾并在组成我们国家的56个民族中传递，通过这样的路线，我们保证比以往任何一次接力数量都多的人民目睹火炬。700年前，惊奇于他那有关美丽的遥远国度的描述，有人问马可·波罗，你有关中国的描述是真的吗？他说我只不过将我所见到的跟你们描述一半而已。

女士们，先生们，我相信北京和中国将向运动员、观众和全世界的电视观众证明，这是一块神奇的土地。谢谢主席先生，谢谢大家！

最后，何振梁发表了感人肺腑的结束语：

主席先生，国际奥委会的委员们：

无论你们今天作出什么样的选择都将创造历史，但是，只有一种决定能改变历史，你们今天的决定将通过运动促进世界和中国的友谊，从而为全人类造福。将近50年前，我第一次参加了奥林匹克运动会，从那时起我就深深地爱上了奥运精神，和祖国的许多同胞一样，我认为奥运的价值是普遍的，它的圣火照亮人类共同的前进道路。

多年来，中国人对于奥林匹克理想不懈追求，就像你们对奥林匹克信仰一样毫不动摇，在我的职业生涯当中，我希望将奥林匹克带入中国，让我的祖国和人民体验奥林匹克永恒的魅力。选择北京，你们将在奥运会历史上，第一次将奥运会带到拥有世界上五分之一人口的国家，让他们有机会为奥林匹克服务。你们今天的决定，将瞬间传播到地球的每一个角落，

你们所传递的信息意味着一个全球团结新纪元的开始。如果举办2008年奥运会的荣誉能够授予北京，我可以向你们保证，7年后的北京，会让你们为今天的决定而自豪。谢谢！

何振梁用英语和法语交替发表了演说，他的话音还没有落下，会场就响起了热烈的掌声，而且有人高喊："Bravo（讲得好）！"许多支持中国申办奥运的朋友都为之动容。

最后一部短片紧接着就播放了，这是张艺谋导演的精心之作。影片把委员们又引领到一个令人倾倒和振奋的中国，最后在气壮山河的锣鼓场中结束了45分钟的陈述。凡是在场观看的人没有一个不鼓掌的。

后来，张艺谋深有感触地说："那部陈述片的成功是最让我激动的，那是我十几年导演生活中唯一一部人人都说好的片子。"

中国代表团进行答疑

北京时间 2001 年 7 月 13 日，国际奥委会委员在北京陈述结束之后开始提问。

8 位奥委会委员一共提了 11 个问题，这使得北京代表团花了近 20 分钟来进行回答。

这些问题都非常实际，包括控制污染、比赛场地、交通、语言沟通、反兴奋剂、盈余分配等。

一位奥委会委员提问说："那么我想提两个关于环境的问题。在你们的介绍当中，讲到了你们如何去保护环境，尤其是控制空气的污染，是由车辆和交通造成的污染，你能不能具体地谈一下，你们要采取什么样的措施来控制工业污染？"

刘博士回答说："第一个方面涉及车辆污染的问题，如何改善环境，我想给大家提供一些数字，我们在报告当中也讲了，到 2008 年底，我们 90% 的公交车都会用天然气的，而且我们的出租车也都是用这种清洁燃料。关于车辆污染控制的标准问题，我们现在是采用欧洲一号标准，这是很严格的，再过 5 年，我们会跳过第三号标准，这会再降低污染 60%。尽管我们有车辆数量的增长，而且你也听到，我们不仅是修公路，而且会修铁路，这是一种非常清洁的方式。还有地铁，地铁会从两条线增加到 5 条线，当然不要忘记，我们的城市非常鼓励使用自行车,我们有800万辆自行车,这是一个非常有利于环境的方式。"

之后,一位委员又提出了沙滩排球的问题。楼大鹏回答说:"我们非常重视评估委员会的意见,我们已经接到了沙滩排球的信件,他们说如果北京当选了,他们准备和我们这个组委会商讨以后提出一个新的方案,交给国际奥委会来通过,现在有几个场所正等待着有关评估委员会去访问,采访,并且提出报告,谢谢。"

接着,又有一位委员就语言障碍提出了问题:"我们在出外旅行的时候,最大的问题实际上是通信,在开这个奥运会的时候,组委会能否解决语言的障碍?"

王伟回答说:"目前我们已经有足够的接受过职业培训的翻译人员,包括法语、西班牙语、葡萄牙语、俄语等等十几种语言,这些志愿人员会作为联络官,被派到奥运会做技术员、工作人员。除此之外,我们准备动员北京的大学生,北京有40多万名大学生,这些学生至少都可以讲英语,因为如果他们要上学的话,首先就要考过英语的入学考试,这些人都愿意帮忙,市长的演讲中已经说了,已经有60万志愿者报名,他们也表示愿意学英语,所以我们认为在这方面不会有什么语言障碍。"

随后,有一位委员针对北京城市污染的情况提出了问题:"你们想采取一些什么样的措施来解决这个很敏感的问题?"

对于这个问题,中国代表团的回答则具体全面:"关于你讲到工业污染的问题,这的确是政府非常重视的一个问题,我们所做的第一件事情就是产业结构的调整。

大家都知道，中国是一个产煤大国，但是我们作出了一个决定，燃料以天然气来替代，这个项目已经从1998年开始实施了。除此之外，我们还有一个清洁生产中心，这在全国都有，当然在北京也有。在城市的总体规划当中，我们也在逐渐地把有污染的工业搬迁出去，而且我们要把四分之三的工厂搬出市中心。这个搬迁在经济上是可行的，因为他们在城里的土地是非常值钱的，他们把工厂卖掉，能够挣很多钱，然后可以在北京的郊外来建立这种清洁生产的基地。在我们为了这次规划所作的评估当中，到2008年的时候，所有在北京市区的领域，都将实现世界卫生组织的标准。谢谢！"

一位委员又就交通状况提出了问题："北京有1200万人口，而且我们也不想干扰北京人正常的生活，你们能否给我们介绍一下你们的这种交通系统，在比赛期间交通的系统，前面你们讲得不是特别地清楚，谢谢！"

楼大鹏回答说："关于交通运输的问题，北京现在车辆还是比较堵塞，但是我们计划在今后7年，大量改进公路系统，预算用350亿美元来建立新的高速公路和新的交通系统。王伟先生在报告中已经讲到了，我们现在有两条地铁线，到2008年，我们计划有5条地铁线，并且在市区内要建立大量的主干线和高速公路。要到达这些比赛场所，交通方法之一就是地铁，北京有650条公共汽车线路，有1.1万多辆公共汽车，有大量的出租汽车，我们也准备在运动会召开的时候，在公路上开创一些专用线，保证运动员可以按时到达比赛场所。我们也要采用一些方法来监督和管理公路上的交通以方便观众，并且我们希望观众在运动会召开期间,多用公共交通,而不用私人车。即使用私人车,也是要停留在一些专设的停车场,用班车来回往返比赛场所。谢谢!"

一位委员就奥运会的盈余情况提出了问题:"你们讲到要把2008年奥运会的盈余,用于搞一个友谊和合作基金,我的问题是中国是想把这笔钱交给国际奥委会,还是说中国自己去管理这笔基金?"

王伟回答说:"这个基金将由北京市和中国奥委会共同来主管,由国际奥委会来监督。如果国际奥委会愿意的话,我们就让他们来监督、主管。"

最后,奥委会委员针对反兴奋剂条例提出了问题:"你们知道反兴奋剂的条例是在2000年1月1日开始生效,这是一个强制性的,对整个奥林匹克运动都是一个强制性的规定,如果北京得到举办2008年奥运会的荣誉,那么你们代表北京代表团,是否可以作出一个毫无保留的承诺,在整个比赛期间,反兴奋剂的条例,会用于所有的参赛人员?"

中国奥委会主席袁伟民回答说:"在陈述报告里面说了,我再一次重申,我们绝对按照国际奥委会关于反兴奋剂的有关决议来执行。"

紧接着,何振梁和屠铭德又补充回答说:"正如我们袁伟民先生讲的,我们绝对要遵循反兴奋剂条例的要求,请放心!在国际奥委会的条例当中,我们愿意跟所有的体育协会进行密切的协作,进行任何测试,在任何时间、任何地点都可以,我们会给你们提供各种便利和合作。你们知道,在过去几年当中,我们已经采取了非常严格的措施,尤其是我们在申请奥运会之前,得到了国际的公认,我们会继续努力,与兴奋剂作斗争,谢谢。"

奥委会林林总总的提问,有的问题是例行提问,如问中国代表团对反兴奋剂问题的态度;有的问题是借机向中国代表团表示祝贺,这些自然都是支持中国申办奥运的朋友。

当然,大多数问题还是想知道,如果真的授予中国举办奥运会的权利,如何能够处理好一些关键性的问题。

中国代表团的陈述简洁、恰当,令在座的奥委会委员们都非常满意。这为中国成功申办奥运会打下了坚实的基础。

就连中国申办奥运会的对手之一,法国奥委会秘书长马兹格利亚先生在陈述之后也向中国代表团表示祝贺说:"你们的陈述十全十美,无懈可击。看来,我要提前向你们表示祝贺了!"

获得奥运会主办权

北京时间 2001 年 7 月 13 日 21 时 50 分，国际奥委会委员模拟投票。

22 时，正式开始投票选举 2008 年夏季奥运会主办城市。

当第一轮表决出来后，监票人姆巴依大法官并没有把装有表决结果的信封封死，就递到了萨马兰奇手中。

在会场上，萨马兰奇打开并未封口的信封，宣布：

第一轮，大阪被淘汰。下边进行第二轮投票。

当第二轮表决结束时，中国代表团成员看着 3 位监票人。姆巴依、艾里扎尔德和巴赫把装有表决结果的信封封好，3 个人微笑着一起站了起来，然后走到执委们坐的主席台上。

萨马兰奇也略带微笑地接过了信封。

按正常逻辑推断，在 5 个候选城市里，除了北京，没有别的哪个城市具有第二轮胜出的实力。

这时，坐在张清左手边上的黄志红、刘璇也感到中国赢了，急着想站起来欢呼。

国际奥委会主席萨马兰奇微笑着走上讲台，然后打开信封，在感谢了所有候选城市后，平稳地宣布：

2008年第二十九届奥运会举办权授予：
北京！

一刹那间，刘淇市长和杨凌等人首先欢呼着跳起来。

人们仿佛如梦初醒，再也不能控制自己的感情，激动地与旁边的同志们相拥而庆，许多人喜极而泣。

中国终于赢得了举办奥运梦的机会和权利，这一刻，将永远深深地嵌刻在中国人民的记忆中。

这次投票第一轮有102位委员参加表决，超过半数票为52票，其中北京44票，多伦多20票，伊斯坦布尔17票，巴黎15票，大阪6票。大阪遭淘汰。

第二轮有105位委员参加表决，超过半数票为53票，其中北京56票，多伦多22票，巴黎18票，伊斯坦布尔9票。

中国北京凭借其过人的优势、完美的陈述报告，在5个2008年奥运会申办城市中脱颖而出，夺得2008年奥运会举办权。

风度翩翩的何振梁噙满了泪水，面对排着队上前祝贺的国际奥委会委员，他只有用默默的拥抱来感谢支持北京、支持中国的朋友们。

北京市市长刘淇与国际奥委会签订完2008年奥运会

主办城市合同后步入新闻大厅，立刻被中外记者围得水泄不通。他说：

> 这是一个值得庆祝的时刻。北京一定会举办一次成功的奥运会。

他还说他刚才签字的钢笔无比珍贵，他要永远地保存下去。

兴奋难抑的中国女排前主教练郎平对记者说："北京获胜比我拿世界冠军还高兴。我已经等了10年了。这是国际社会对中国社会进步的肯定。"

此外，国际体育界人士也普遍认同中国承办这届奥运会。来自韩国的国际奥委会副主席金云龙说："北京本来就有办奥运会的能力，此次获胜丝毫也不让人觉得意外。"

瑞士奥委会主席卡基·瓦特说："现在是奥运会到中国去举办的时候了。我相信北京一定能举办一次成功的奥运会。"

此后，北京作为申办获胜城市在斯拉夫饭店新闻中心举行了新闻发布会。

热烈举行庆功招待会

北京时间2001年7月13日晚上，展台工作人员董梅虽然穿着旗袍不便行走，但她还是跑着去给国际奥委会委员送请柬。

当时董梅穿着高跟鞋跑的声音太响，惊动了楼层的保安。对于这一情况，董梅后来说："这个保安过分警觉，他居然认为我是投放危险品的，差点把我当坏人给抓起来。他看了半天请柬，才允许我从门缝下塞进去。"她边描述边哈哈大笑。

其实，在等投票结果时，工作人员就在准备送请柬一事，按人头把委员住的12层楼进行了详细的分工，还特别考虑到董梅、李江萍穿旗袍迈不开步，没有给她们分工。但她们俩硬是要分担大家的工作，说是"多一个人就多双手，就能节约点时间"。

除了帮忙守摊的宣传部的同志外，十来个公联组的同志，包括两位穿旗袍的年轻女士董梅和李江萍都抱着一大摞请柬，一路小跑穿过百米长廊，奔向委员的住地。

随后，张清怕有遗漏，又绕着展台走了一圈，居然真在台子下边找到一份请柬，便急忙按照信封上打的人名和房间号送到那个房间。

大约半小时后，国际奥委会的委员及夫人、亲属，各国国际单项体育联合会主席、秘书长，以及其他国家的官员和贵宾，陆续上了代表团提前安排的大客车。

负责交通的工作人员把33辆大客车有条不紊地组织起来，把客人逐批地送到中国驻俄罗斯大使馆去参加欢庆申办成功的招待会。

当大客车抵达大使馆时，使馆门外、院内挤满了国内来的同胞和当地华人。他们打着欢庆的横幅，兴高采烈地向车上招手。有的还用俄语或英语高喊着"谢谢"。在一片欢呼声和欢迎声中，大客车开进了使馆。

在使馆富丽堂皇的大宴会厅内，武韬大使举行了隆重的庆祝北京申奥成功招待会。

李岚清、刘淇、袁伟民、李志坚等代表团领导，武韬大使和我国3名委员与各位来宾亲切会见，共庆北京申奥成功。

李岚清转达了江泽民给萨马兰奇的感谢信。李岚清和部分领导均发表了讲话。

萨马兰奇由于安排国际奥委会主席接班人问题另有活动，不能参加庆祝招待会，因此他的女儿代他参加了这次宴会。

国际奥委会第一副主席阿妮塔·德弗兰茨女士在招待会上发表了热情洋溢的讲话。

然后，李岚清告诉大家，江泽民主席刚刚与他通了电话，北京正在举行盛大的庆祝活动。他说：

全国有亿万人民收听、收看了我们在莫斯科获胜的消息,祖国人民感谢你们!

人们一片欢呼,各种肤色的手握到了一起。祝贺声、谈笑声、酒杯撞击声和舞台上的歌舞交织在一起,大使馆成了欢乐的海洋。

当人们从使馆庆祝招待会回到住地时,已是 23 时了,可人们仍是兴奋不已……

四、普天同庆

● 人们正兴高采烈相互庆贺的时候,江泽民等党和国家领导人也来到了中华世纪坛,与首都各界群众共庆北京申奥成功。

● 香港特区民政事务局局长林焕光说:"这是历史的突破!不仅是中国体育的突破,也是国家发展的突破。"

● 澳大利亚易普斯威治市市长在给北京市和中国奥委会的信中说:"我在这里向北京市及中国奥委会成功取得2008年奥运会的主办权献上最诚挚的喝彩。"

全国人民庆祝申奥成功

北京时间 2001 年 7 月 13 日，华灯、树灯、轮廓灯把天安门广场装点得喜气洋洋，这里已经是人山人海。

人们席地而坐，耐心等待从莫斯科传来的消息。许多人手里都举着红色小国旗和白色的申奥小旗。小旗在晚风中飘扬，表达着中国人期盼奥运的激动心情。

从傍晚就来到广场的数千名大学生，伴着《歌唱祖国》《爱我中华》《青春的旋律》等一首首悠扬的乐曲，跳起欢快热烈的集体舞。

大学生们说："今夜星光灿烂，中国我为你骄傲。我们早就商量好了，无论成功或者失败，我们都要在这里为共和国歌唱。"

人们带着照相机不停地拍照。广场上的照相摊生意也不错，女老板喜滋滋地说："因为今天是个特别的日子，所以照相的人很多。如果北京申奥成功了，北京一定比现在还热闹。"

照相留念的人爱打同一个手势"V"，而且会说上一句："祝申奥成功。"

当奥委会主席萨马兰奇宣布，2008 年奥运会的主办城市是北京时，久久在这里等候的各地群众紧紧拥抱在一起，欢呼雀跃。天安门广场上国旗、校旗、彩旗、申奥旗交相辉映。

上万盏华灯齐放光明，天安门广场上一片灿烂。莲花灯、轮廓灯、地灯、卫星灯、射灯……编织出一个五光十色的巨型光罩。

越来越多的人群拥向天安门广场，群众自发的联欢活动高潮迭起。这是一个历史性时刻，中华民族百年盼奥运的梦想终于实现了！

23时，广场上的人群密度已经达到了饱和状态。平均每块砖上站一个人，据值勤的民警估计，大概有20万人在广场共同庆祝。

人们用各种方式表达自己的喜悦之情。有的将"北青报"号外举在胸前拍照，有的举着小国旗拍照留念，有的人随着大广播里的歌曲《歌唱祖国》跳起了舞。

23时20分，广场上喇叭里传来播音员的声音：

有重要消息要报告给大家，江泽民主席和国家领导人将登上天安门城楼和我们一起联欢。

顿时，广场上一片欢腾，人群开始向天安门城楼附近涌动。

与此同时，长安街上也是车辆齐鸣笛，为历史性的一刻喝彩。

整条长安街上全部是欢腾的人群，无数面国旗在人们的手中飞舞，从广场到三环路，人的海洋，车的河流，许多人站在小汽车顶上欢呼胜利，申奥成功让每一个人欢呼！认识、不认识的人们都欢呼拥抱在一起！

等了8年，中国人终于可以为申奥欢呼"成功了"！欢呼声此起彼伏，远方的礼花声和广场上的欢庆锣鼓声不绝于耳。

中华世纪坛，这座中国迎接新世纪、新千年的标志性建筑，再度见证了中国人的风采与胜利。

泪水浸润着人们幸福的脸庞。一些人情不自禁拔起护栏上的旗帜，使劲挥舞。一群大学生手擎五星红旗在现场奔跑，引来一阵阵热烈的欢呼声。

来自四面八方的工人、学生、机关干部、艺术家们一次又一次将鲜花、彩旗抛向天空。

就在这时，玉渊潭公园等处焰火齐放，中华世纪坛上空顿成一个五彩斑斓的世界。

人们正兴高采烈相互庆贺的时候，江泽民、李鹏、朱镕基、李瑞环、胡锦涛、尉健行等党和国家领导人也来到了中华世纪坛，他们要与首都各界群众共庆北京申奥成功。

江泽民发表了简短而重要的讲话：

同志们：

　　我代表党中央、国务院讲三句话。

　　第一句话：对北京申办2008年奥运会成功进行热烈祝贺！

第二句话：对全国人民对北京申办2008年奥运会所作出的贡献，同时向国际奥委会，向全世界的朋友对中国申办奥运会的支持表示衷心的感谢！

第三句话：希望全国人民和首都人民一起努力，扎实工作，把北京2008年奥运会办成功！

最后，欢迎世界各地的朋友2008年光临北京，参加奥运。

这时，在人民大会堂里也是一番庆祝景象。近万名首都青年来到人民大会堂宴会厅，观看申奥现场直播，其中包括来自4所首都高校的2000名大学生。他们在人民大会堂宴会厅内集体收看大屏幕电视。

当大屏幕电视上萨马兰奇宣布2008年夏季奥运会的主办城市是北京时，人民大会堂宴会厅内2000名大学生爆发出震撼人心的欢呼声。原本坐在地上的大学生全都蹦了起来，用力挥舞着手中的两面小旗帜：一面是国旗，一面是北京申奥旗。大家喊着：

北京赢了！
赢了，北京！

中央民族大学的学生们兴奋地把藏族学生扎西托起

● 普天同庆

来抛向空中。大学生们随后齐声高唱《歌唱祖国》，跑出人民大会堂，跑到天安门广场上庆祝胜利。

大学生们纷纷在这一珍贵的时刻拍照留念，完全沉浸在激动之中。很多大学生是有备而来，宴会厅内活跃着穿着各种颜色、印有校名的T恤衫的大学生们。

中国人民大学学生孙永文说："学校本来只有50个名额能来大会堂，但报名的有200多人。我们这50名同学不仅带了小旗子，还每人带了一根荧光棒，准备当申奥成功的消息传来的时候，我们到天安门广场上挥舞着荧光棒，庆祝北京的胜利。"

全体大学生已经决定在广场联欢直至凌晨，然后参加7月14日的升旗仪式！

当萨马兰奇宣布北京获得2008年奥运会主办权的一刻，上海南京路世纪广场上一片欢腾，人们唱起了《真心英雄》，歌声在广场上飞扬。

上海黄浦区摩托车、汽车协会的青年工人们举起了"坚决支持北京申奥"的横幅，很多人高呼：

中国万岁！
北京万岁！

整个世纪广场至少有几千人，热闹的程度比白天有过之而无不及。步行街的商店原本规定22时关门，但整个晚上仍有许多店铺的门敞开着，人群就像游行一样从南京路步行街走过。

此时，青岛也一片欢呼，许多人相拥而泣。在青岛五四广场，数万人因为萨马兰奇的这句话说："我们终于等来了这一刻！"

作为北京2008年奥运会的伙伴城市，青岛从这一刻进入了不眠之夜。

在青岛的大街上，满眼满耳都是申奥的字眼。公共汽车的车身上、公路两旁的灯箱上、商场的门前都是"相聚北京，扬帆青岛"的招贴。

天津也是这次奥运会的一个分会场，当萨马兰奇宣布北京获得2008年奥运会主办权的一刻，虽然此刻天空雷声隆隆，阴雨绵绵，但是却挡不住彩旗、礼花、纸花、冷烟花，以及交相映衬的花一般的笑脸。

这一刻，天津体育馆前的广场上，每个人的脸上都是湿润的，是雨水、汗水，更是泪水。

人们打着横幅，上面写着：

天津人民热烈庆祝北京申办奥运成功！

满场的横幅和标语伴随着喧天的锣鼓，更是让人眼花缭乱。腰鼓队、舞狮队、舞龙队、秧歌队……7支群众表演队伍依次穿过了表演区。

在热情的人群后面，就是正在筹建的占地1500亩的大型体育中心，它将是2008年奥运会的足球分赛场。

沈阳也将作为2008年奥运会比赛的分赛场,承办部分足球比赛。

7月13日晚上,辽宁省体育局和辽宁电视台组织了赵本山、梁天、谢园、王军霞、袁华等文体明星进行了联欢。当萨马兰奇宣布北京获得2008年奥运会主办权的一刻,全场欢腾,礼花四起,大家笑呀跳呀。

女子柔道教练刘永福的弟子们连续四次在奥运会上夺取冠军,他说:"7年后我正当年,还能率队参赛,那时我们占有天时地利人和,我一定要拿3块金牌。"

第二十七届奥林匹克运动会柔道冠军袁华说:"这是中国最自豪的一天。"

在西安,当萨马兰奇宣布北京获得2008年奥运会主办权的一刻,西安全城立即成为欢乐的海洋,鞭炮声、锣鼓声、欢呼声响彻九霄。

全国各地人民都在以不同形式庆贺着奥运会申办成功,这是中国人民期盼已久的盛会。

港澳台同胞庆祝申奥成功

北京时间2001年7月13日，在香港铜锣湾时代广场和维多利亚港畔尖沙咀文化中心，都竖起了大屏幕，现场直播国际奥委会第一一二次会议。

香港各界支持北京申奥的大型活动层出不穷，具有中国传统特色的醒狮点睛、民族歌舞纷纷登场，不同体育团体的精彩表演以及各大中小广场设置电视幕墙直播申奥表决结果等成为活动的焦点。

北京申奥牵动着香港人的心。在香港，申奥的宣传海报和旗帜早已在街头飘扬，处处洋溢着热烈的申奥气息。

22时10分，萨马兰奇宣布北京胜出，顿时，香港欢腾一片！

对于北京申奥成功，香港特区立法会主席范徐丽泰说：

> 申办奥运成功是北京主办奥运的第一步。从现在起到2008年，还有大量的工作要做，每一项都需要人力物力。为了确保7年后的奥运会能使运动员和观众宾至如归、场地设施得到大家的好评，不但北京市要全力以赴，我们全

国人民都会诚心诚意地支持，尽心尽力配合。

香港特区民政事务局局长林焕光说：

这是历史的突破！不仅是中国体育的突破，也是国家发展的突破。参加最后角逐的几个城市我几乎都去过，北京的确最好。这次全香港，连传媒界都少有一致地支持北京申办奥运，说明这是13亿中国人的共同心愿。我们一定能办得最好。

早晨刚从香港出发到内蒙古出差的香港中西区区议会主席、太平绅士胡楚南，在呼和浩特听到这个好消息后说：

我们中国有实力、有信心把2008年奥运会办得最好。实力，首先是经济实力。经过20多年的改革开放，我们的国力大大增强。北京投入大量资金，搞各方面的设施建设。大家特别关心的环境状况，近两年也有了明显的改善。包括内蒙古在内的许多地方都在为此而努力。相信再过7年，北京的环境一定会更好。其次是体育实力。近年来，中国在国际重要赛事上得奖越来越多，在近两届奥运会取得的金牌、奖牌数更是直线上升。我们有近13亿中华儿女，这是任何国家所没有的优势。这么多人，包括港澳台胞都支持北京，因此我们信心十足，一定能把奥运会办得很出色。

全国政协常委、香港北海集团主席徐展堂也兴奋地说：

我是几十年的体育运动爱好者，但北京申办奥运成功的意义绝不仅限于体育。我们认知的奥运精神，并不在于竞技输赢，或者奖牌多少，而是共同参与及努力，合作建立一个更美好的"大同世界"。我祝愿"绿色、人文、科技"的2008年北京奥运，不仅为千年古都注入生动而丰富的内涵，也加速中国在各方面的繁荣进步，为促进世界和平、和谐、安乐作出新贡献。作为一个中国人，我为中国能取得奥运主办权而感到光荣，也深信北京市一定能把奥运办好。

13日晚上，香港体育界为支持北京申办2008年奥运，开始在香港九龙公园运动场举办大型综合晚会。
在晚会现场，许多人向记者倾诉心声。
中国香港奥委会副会长许晋奎说：

从今晚的沸腾场面，就可以看出全香港的体育界、全香港人都在为北京申办成功而高兴。这件值得全民族庆贺的事，使我们更加增强了对祖国、对民族的归属感。这对香港的体育事业也会起巨大的推动作用。

曾为祖国争得殊荣的女排老将、中央驻港联络办宣传文体部副部长陈亚琼激动地说：

2008年奥运会在北京举行，对中国运动员是一个难得的历史机遇，为他们取得最佳成绩创造了许多有利条件。过去在国外举行的奥运会上拿奖牌，看着五星红旗冉冉升起，我们心里当然激动万分。现在有机会在自己的土地上拿奖牌，看台80%以上的观众都是自己的同胞，运动员士气一定高涨，他们一定会热血沸腾。

乒乓球运动员陈丹蕾也有同感，认为在祖国拿奥运金牌、看升国旗会更激动。

此外，中央驻港联络办向北京奥申委代表团发出热情洋溢的贺电。

香港中华总商会、广东社团总会、福建社团总会、香港青联等许多社团都连夜举行了热烈的庆贺活动。

与此同时，当奥委会主席萨马兰奇宣布2008年奥运会的主办城市是北京时，澳门金莲花广场一片欢腾。所有在场的人都跟着转播电视喊：

我们赢了！
我们赢了！

一位50岁左右的男士在人群中跳起了舞。

在文化中心的澳门特区行政官员进入金莲花广场。行政区发言人唐志坚在台上激动地说：

这是中国人的胜利！这是华人的胜利！这是我们盼望已久的！

7月13日晚，澳门特区行政长官何厚铧还代表澳门特别行政区发出贺电祝贺北京成功获得2008年奥运会主办权。

贺电说：

正当中华民族团结一致，昂首迈进新世纪之际，传来了北京成功申办2008年奥运会之喜讯，澳门居民和全体炎黄子孙一样，心花怒放，欢欣鼓舞！我谨代表澳门特别行政区政府和全体居民，向北京市人民表示热烈的祝贺，并对

● 普天同庆

你们辛勤而卓越的工作表示崇高的敬意。

今天，中国这名副其实的体育大国，进一步赢得尊敬，赢得信任，北京成为2008年奥运会主办城市，并将在占全世界五分之一人口的中华大地上出色地主办奥运，在人类体育里程碑上增添一项辉煌的记录。作为一个进步中的发展中国家，祖国正以创发性的奋进姿态，谱写新世纪更为动人的乐章。坚持改革开放，使祖国的潜能史无前例地释放出来，使祖国的体育事业在世界上迈出了一大步，取得了举世瞩目的成就。

随着成功申奥，中国人民必将把奥运的筹办与国家的发展结合起来，中国将长久受益，北京将长久受益，澳门亦将长久受益。在北京正式举办奥运的前夕，澳门将在2005年举办东亚运动会。澳门特区政府和全体居民，有决心、有信心办好东亚运动会，以此作为对北京奥运会的献礼。

贺电热切期盼"新北京、新奥运"早日到来，并衷心祝愿北京主办2008年奥运会取得圆满成功。

而此时的台北，也绝不亚于香港和澳门。

7月13日的台北，人们的申奥热情几近"沸点"。据记者报道，台湾最"火"的电视频道TVBS新闻已在左上方打出"奥运城市揭晓倒数 X 小时",各大报纸也开出整版以上的版块来为北京助威。

台湾 TVBS 电视台和年代卫视都从 21 时开始现场直播投票情况,并配以北京和莫斯科的相应画面,而且还请来专家现场解说。

宣布结果后,两个频道几乎没有插播广告,而是持续报道北京世纪坛的庆祝晚会。另外,还播放了台湾的奥委会代表吴经国先生向何振梁表示祝贺的画面及讲话。

台湾奥委会委员们也都纷纷表示非常高兴,以前出去比赛多是在亚洲以外的地区,今后可以在中国人的领土上参加比赛了,感触颇多。

海外游子欢庆申奥成功

北京时间2001年7月13日17时30分，在中国驻俄罗斯大使馆会议厅内，数百名从国内赶来助威的中国人聚集在一起，静静地观看着电视转播。

场内的朋友们每人都带了一件红色外套，有的穿在身上，有的放在书包里，随时准备迎接中国胜利的消息。

近几天来，在莫斯科谢列梅捷沃机场，每天都有来自中国的客人，先后有多批民间团体到达莫斯科。

人数最多的一批要算7月12日晚抵达莫斯科的中国明星团体。当地接待单位组织了6辆大轿车到机场迎接，并动用了两辆警车协助，气势宏大。

而今天晚上，中国驻俄大使馆将组织一个1400人的盛大庆祝活动。除了国内来的一些团体以外，还有中国在俄罗斯的华人团体组织的舞龙舞狮活动。

当中国代表团在世贸中心陈述接近尾声时，莫斯科突降大雨。听当地的司机讲，莫斯科这样的天气非常正常，而雨后的莫斯科空气更加清新宜人。

当地时间18时10分，结果终于出来了：

北京获胜！

全场欢呼声、掌声持续10多分钟。红衣披起来，国旗打出去。整个使馆洋溢着欢乐与自豪。

李岚清随即来到使馆，与聚集在那里的中国各界人士共同欢庆。李岚清身着浅色西服，向在场的群众频频挥手，脸上洋溢着自豪的微笑。

参加庆祝活动的中国少儿艺术团的小队员们个个泪流满面。

使馆里的同志们通过电视看到北京世纪坛上的礼花后，齐声欢呼，与国内的朋友同乐同欢。

特别是江泽民等党和国家领导人出现在屏幕上时，群情激动。江泽民的三句话每句都赢得了热烈的掌声。

与此同时，法国63个华人华侨组织几百人聚集在一起，在巴黎著名的华人餐厅粤海酒楼挂起红灯，舞狮欢庆。

巴黎法中友协副主席郭凝女士，代表众多的华人发出了自己的心声。她在谈起中国北京和法国巴黎同时申办2008年奥运会时说：

> 我是中国人，这是不能改变的事实，血管里流的是中国人的血……我的亲友都在北京，而我的家安在法国巴黎。北京和巴黎竞争2008年奥运会主办权，这两个城市获胜的可能性各有50%，但我更希望北京能够取胜，因为这将推动中国的发展，推动北京的发展。

在巴黎，还有一群8年前为奥运与北京擦肩而过流过泪的人。这是一些留法的学生，他们早在7月13日16时便来到巴黎十三区使馆教育处，聚在了一起。8年前的1993年9月23日，他们中许多人度过了一个不眠之夜，许多人像小孩儿一样哭了：国际奥委会在蒙特卡洛投票，北京仅以两票之差与2000年奥运会失之交臂……

可是这回，能以欢庆的心情品尝摆在桌子上的香槟，是每个人不言而喻的愿望与喜悦。

留法学生李波永说："巴黎已举办过两次奥运会，而且，2004年奥运会又在欧洲的雅典举行，这次应该给北京一次机会了。我喜欢这句话：北京有13亿个理由举办2008年奥运会。没有一个理由可以解释她为什么不能。北京与巴黎、与多伦多、与大阪都是不同的，古老而现代的北京会让世界有一个最美好的奥运记忆。"

另外，在伊斯坦布尔，当地时间7月13日16时30分，中国驻伊斯坦布尔总领馆聚集着在伊留学生、中资机构人员和部分华人，以及领馆的工作人员，他们一起收看2008年奥运会申办城市投票转播。

在电视厅外，领馆的工作人员在训练留学生舞狮。为了举办这次活动，领馆特地从国内托人买来了锣鼓。

当萨马兰奇主席宣布北京举办2008年奥运会时，电视厅内的人们欢呼起来，许多人高兴地拥抱以示祝贺。

在徐总领事的带领下，所有人走到领馆外的海滨打起横幅，上面写着：

驻伊斯坦布尔总领馆及华侨留学生热烈祝贺北京申奥成功。

人们敲起锣鼓，舞起狮子，兴奋之情溢于言表。

此外，多伦多的欢呼声也不绝于耳。

中国记者王灏铮在多伦多报道说，在多伦多一个直播现场，许多华人华侨协会的负责人早早地就聚到这里，他们和加拿大当地人一起观看直播。

来到直播现场的很多华人华侨都"偷偷"地带着中国的国旗。在国际奥委会主席萨马兰奇即将宣布2008年奥运会主办城市的时候，许多人已经悄悄地举起了国旗。当"北京"这个词从萨马兰奇的口中吐出后，现场的华人华侨同当地人一片寂静，但30秒后，华人华侨终于爆发了积蓄了8年的欢呼声。

另外，在加拿大，北京协会的会长杨宝凤，早在12日晚上便开了一次筹备会，600多位会员都行动了起来，准备为这个时刻喝彩。

杨宝凤已经在加拿大生活10年了，说起中国申奥，她的话很具有代表性：

作为个人希望多伦多赢，毕竟自己的生意都在这里，多伦多举办奥运会，自己会有更多

普天同庆

机会；但从感情上，希望北京赢，应该借举办奥运会让世界认识北京的变化、中国的变化，天时地利人和都注定了北京一定赢。

可以说，海外华人华侨对自己的祖国都充满了一份血肉相连的眷恋与希冀。北京的胜出，使他们从内心为祖国感到骄傲与自豪。

世界各国翘首盼望

北京时间 2001 年 7 月 13 日，新华社发表评论员文章。文章说：

今天，世界选择北京！今天，世界仰慕北京！

当国际奥委会委员今晚把他们神圣的一票投向北京时，也标志着世界把信任投给了北京，把希望寄予了中国。

··········

中国人将向世界证明：国际奥委会在世纪初所作出的重大抉择是一次明智之举。北京一定奉献给世界一届历史上最出色的奥运会。

对于中国成功申办奥运会，澳大利亚易普斯威治市市长也献上了自己最诚挚的喝彩。

澳大利亚易普斯威治市市长在给北京市和中国奥委会的信中说：

致北京市及中国奥委会：

我在这里向北京市及中国奥委会成功取得

2008年奥运会的主办权献上最诚挚的喝彩。

　　对中国及所有的中国人,甚至是中国在全世界的朋友们而言,北京取得奥运主办权是一个可喜可贺的消息,我再一次为北京市献上我最真心的祝贺之意。

澳大利亚昆士兰州易普斯威治市市长
约翰·纽俊特

　　此外,英国奥委会执行主席西蒙·克莱格,也在7月13日在伦敦祝贺北京获得2008年奥运会的举办权。

　　克莱格对国际奥委会把2008年奥运会举办权给予北京感到高兴,并说这个决定纯粹是建立在相信北京有能力举办奥运会的基础之上的。

　　世界相信北京,北京也将以她博大的胸怀恭候着五湖四海的朋友们的到来。

本书主要参考资料

《何振梁申奥日记》何振梁著 人民出版社
《申奥纪实》张清著 中国社会科学出版社
《梦想与辉煌》童乐编 民主与建设出版社
《亲历申奥》梁丽娟著 浙江人民出版社
《中国式申奥》黄克俭著 团结出版社
《亲历申奥》吴季松著 京华出版社
《申奥纪实：亲历中国重返奥运及两次申奥》张清著
　　中国社会科学出版社
《中国申奥亲历记：两次申奥背后的故事》孙大光著
　　人民文学出版社
《北京2008年：申奥的台前幕后》马同斌 秦圆圆编
　　著 北京体育大学出版社